U0080467

STS

山田社

溜旅遊日話
中文就行啦

附贈 MP3

上原小百合 著

山田社

前言
Preface

會日語，自己就可以組私房路線，

玩遍：

充滿青春活力的池袋；刺激、多樣面孔的新宿；一群又一群時髦酷男倩女的澀谷；華麗高雅、雍容大方的銀座……。

氣勢磅礡的阿蘇火山；充滿文化遺跡及名勝的文化古都；自然景觀和文化氣息兼容並蓄的城市；洋溢著悠閒的度假氣氛古老的山城；優雅端秀之氣的城堡；傳統建築改建的雅致商店；如夢幻仙境一般迷人的湖泊、賞梅聖地；乾淨得不能再乾淨的街道……。

日本許多文化，例如生活、飲食、宗教……等，其實是從中華文化傳過去的。只是日本把美食美化，把禮儀擴大，並加以實行它，更讓生活中充滿了宗教。這就是赴日觀光一直是國人最愛的原因了！

只是，日語不通，想到日本自由行，行不行？

什麼？有人靠「中文」照樣在日本趴趴走，超行！

先告訴您一個好消息，日語 50 音是從中文漢字演變而來的。平假名是從中文草書變化來的，而片假名是從楷書的部首變化來的。

不只如此，再分享一個好消息，那就是很多日語的發音，和中文很接近喔！例如：平假名「い」，是來自草書的「以」，發音跟注音「ー」相近；片假名「ア」，是來自楷書「阿」的部首「阝」，發音跟注音「ㄚ」很像呢！

原來，日本人在借用中文字的時候，不僅是外形，就連發音，也都保留了中文的特色。也就是說，只要用中文來拼日語發音，然後多聽、多說，一樣可以把日語說得嚇嚇叫！

如果您的日語學習還在起步階段，又迫不及待想去日本玩。那麼，誠摯建議您快拿起這本《溜旅遊日語 中文就行啦》囉！本書有 7 個㊣點＋7 大保㊣的理由，讓您非買不可：

第一㊣：句子簡短，照樣溝通，好學、好記！

第二㊣：中文拼音，用中文就能說日語！

第三㊣：貼心的羅馬拼音，讓您玩得更開心！

第四㊣：都是日本人愛用的句型，馬上學，馬上開口！

第五㊣：一個句型，替換不同單字，通用各種場合！

第六㊣：「現在最需要的那一句話」，讓您輕鬆溜日語！

第七㊣：吃喝玩樂句、追星交友句，通通有！

《溜旅遊日語 中文就行啦》還附贈日籍老師標準東京腔朗誦光碟，再搭配書中淺顯易懂的學習法，幫助您輕輕鬆鬆，到日本旅行不知不覺脫口說日語！

目錄
Contents

第一步

日本人最愛用的句型

第二步
日本人天天說的寒暄語

第三步
到日本旅遊就這樣說吧

一　日本，我來了！

二　先來登記入房吧

八 購購購！帶點戰利品回家吧

九 旅遊攻略之交通篇

十 遇到緊急狀況怎麼辦？

第一步

日本人最愛用的句型

「是＋○○。」　　　　　　○ **01**

de.su.

○○＋です。

爹．酥．

我是學生。

ga.ku.se.e.de.su.

がくせい
学生です。

嘎．枯．誰．～．爹．酥．

我姓林。

ri.n.de.su.

りん
林です。

里．恩．爹．酥．

替換看看

陳	山田	書	腳踏車
chi.n.	ya.ma.da.	ho.n.	ji.te.n.sha.
ちん **陳**	やまだ **山田**	ほん **本**	じてんしゃ **自転車**
七．恩．	呀．媽．答．	后．恩．	基．貼．恩．蝦．
工作	日本人	法國人	德國人
shi.go.to.	ni.ho.n.ji.n.	fu.ra.n.su.ji.n.	do.i.tsu.ji.n.
しごと **仕事**	にほんじん **日本人**	**フランス人** じん	**ドイツ人** じん
西．勾．偷．	尼．后．恩．基．恩．	夫．拉．恩．酥．基．恩．	都．伊．豬．基．恩．

「是＋○○。」

de.su.

○○＋です。

爹.酥.

500日圓。

go.hya.ku.e.n.de.su.

５００ 円です。
（ごひゃく えん）

勾.喝呀.枯.耶.恩.爹.酥.

是一千日圓。

se.n.e.n.de.su.

1,000 円です。
（せん えん）

誰.恩.耶.恩.爹.酥.

替換看看

五元美金	一萬日圓	一張	一杯
go.do.ru.	i.chi.ma.n.e.n.	i.chi.ma.i.	i.ppa.i.
５ドル（ご）	**１万円**（いちまんえん）	**１枚**（いちまい）	**１杯**（いっぱい）
勾.都.魯.	伊.七.媽.恩.耶.恩.	伊.七.媽.伊.	伊.＾趴.伊.

兩支	二十歲	九歲	五十九歲
ni.ho.n.	ha.ta.chi.	ko.ko.no.tsu.	go.ju.u.kyu.u.sa.i.
２本（にほん）	**20歳**（はたち）	**九つ**（ここの）	**５９歳**（ごじゅうきゅうさい）
尼.后.恩.	哈.它.七.	寇.寇.諾.豬.	勾.啾.～.卡.烏.烏.沙.伊.

11

3 「很＋○○。」 ○ 01

de.su.
○○＋です。
爹.酥.

很高。

ta.ka.i.de.su.

たか
高いです。
它.卡.伊.爹.酥.

很好吃。

o.i.shi.i.de.su.

おいしいです。
歐.伊.西.～.爹.酥.

● 替換看看 ●

快樂	危險	快	漂亮
ta.no.shi.i.	a.bu.na.i.	ha.ya.i.	ki.re.e.
たの 楽しい	あぶ 危ない	はや 速い	きれい
它.諾.西.～.	阿.布.那.伊.	哈.呀.伊.	克伊.累.～.

可愛	難	有趣	認真
ka.wa.i.i.	mu.zu.ka.shi.i.	o.mo.shi.ro.i.	ma.ji.me.
かわいい	むずかしい	おもしろい	まじめ
卡.哇.伊.～.	母.茲.卡.西.～.	歐.某.西.摟.伊.	媽.基.妹.

4 「○○＋是＋○○。」 ○ 01

基本句型

wa.　　　　de.su.

○○＋は＋○○＋です。
哇.　　　　　爹.酥.

我是學生。

wa.ta.shi.wa.ga.ku.se.e.de.su.

私は学生です。
わたし　がくせい

哇.它.西.哇.嘎.枯.誰.～.爹.酥.

爸爸是老師。

chi.chi.wa.se.n.se.e.de.su.

父は先生です。
ちち　せんせい

七.七.哇.誰.恩.誰.～.爹.酥.

● 替換看看 ●

姐姐／模特兒

a.ne. / mo.de.ru.

姉／モデル
あね

阿.内.／某.爹.魯.

哥哥／上班族

a.ni. / sa.ra.ri.i.ma.n.

兄／サラリーマン
あに

阿.尼.／沙.拉.里.～.媽.恩.

他／美國人

ka.re. / a.me.ri.ka.ji.n.

彼／アメリカ人
かれ　　　　　　　じん

卡.累.／阿.妹.里.卡.基.恩.

那／椅子

so.re. / i.su.

それ／椅子
いす

搜.累.／伊.酥.

13

no.   de.su.

○○＋の＋○○＋です。
諾.   爹.酥.

我的包包。

wa.ta.shi.no.ka.ba.n.de.su.

<ruby>私<rt>わたし</rt></ruby>のかばんです。

哇.它.西.諾.卡.拔.恩.爹.酥.

日本車。

ni.ho.n.no.ku.ru.ma.de.su.

<ruby>日<rt>に</rt></ruby><ruby>本<rt>ほん</rt></ruby>の<ruby>車<rt>くるま</rt></ruby>です。

尼.后.恩.諾.枯.魯.媽.爹.酥.

替換看看 ·

老師／書
se.n.se.e. / ho.n.
<ruby>先生<rt>せんせい</rt></ruby>／<ruby>本<rt>ほん</rt></ruby>
誰.恩.誰.～．／后.恩.

明天／下午六點
a.shi.ta. / go.go.ro.ku.ji.
<ruby>明日<rt>あした</rt></ruby>／<ruby>午後<rt>ごご</rt></ruby>6<ruby>時<rt>ろくじ</rt></ruby>
阿.西.它．／勾.勾.摟.枯.基.

今晚／七點
ko.n.ya. / shi.chi.ji.
<ruby>今夜<rt>こんや</rt></ruby>／7<ruby>時<rt>しちじ</rt></ruby>
寇.恩.呀．／西.七.基.

義大利／鞋子
i.ta.ri.a. / ku.tsu.
イタリア／<ruby>靴<rt>くつ</rt></ruby>
伊.它.里.阿．／枯.豬.

6 「是＋○○＋嗎？」

de.su.ka.

○○＋ですか。

爹 . 酥 . 卡 .

哪一位？

do.na.ta.de.su.ka.

どなたですか。

都 . 那 . 它 . 爹 . 酥 . 卡 .

是台灣人嗎？

ta.i.wa.n.ji.n.de.su.ka.

<ruby>台湾人<rt>たいわんじん</rt></ruby>ですか。

它 . 伊 . 哇 . 恩 . 基 . 恩 . 爹 . 酥 . 卡 .

● 替換看看 ●

工作	旅行	一個禮拜	一個月
shi.go.to.	ryo.ko.o.	i.sshu.u.ka.n.	i.kka.ge.tsu.
<ruby>仕事<rt>しごと</rt></ruby>	<ruby>旅行<rt>りょこう</rt></ruby>	<ruby>1 週間<rt>いっしゅうかん</rt></ruby>	<ruby>1 か月<rt>いっ げつ</rt></ruby>
西 . 勾 . 偷 .	溜 . 寇 . ～ .	伊 . ˆ西烏 . ～ . 卡 . 恩 .	伊 . ˆ卡 . 給 . 猪 .

一年	英國人	印度人	中國人
i.chi.ne.n.	i.gi.ri.su.ji.n.	in.do.ji.n.	chu.u.go.ku.ji.n.
<ruby>1年<rt>いちねん</rt></ruby>	イギリス<ruby>人<rt>じん</rt></ruby>	インド<ruby>人<rt>じん</rt></ruby>	<ruby>中国人<rt>ちゅうごくじん</rt></ruby>
伊 . 七 . 内 . 恩 .	伊 . 哥伊 . 里 . 酥 . 基 . 恩 .	伊 . 恩 . 都 . 基 . 恩 .	七烏 . ～ . 勾 . 枯 . 基 . 恩 .

基本句型

15

wa.　　　　　　　　de.su.ka.

○○＋は＋○○＋ですか。
哇.　　　　　　　　　　蒡.酥.卡.

那裡是廁所嗎？

a.so.ko.wa.to.i.re.de.su.ka.

あそこはトイレですか。

阿.搜.寇.哇.偷.伊.累.蒡.酥.卡.

出口是那裡嗎？

de.gu.chi.wa.a.so.ko.de.su.ka.

出口はあそこですか。
でぐち

蒡.估.七.哇.阿.搜.寇.蒡.酥.卡.

● 替換看看 ●

逃生門／那裡	籍貫、畢業／哪裡
hi.jo.o.gu.chi. / so.ko.	go.shu.sshi.n. / do.chi.ra.
非常口／そこ ひ じょうぐち	**ご出身／どちら** しゅっ しん
喝伊.久.～.估.七.／搜.寇.	勾.西烏.^西.恩.／都.七.拉.
國籍／哪裡	生日／後天
ku.ni. / do.ko.	ta.n.jo.o.bi. / a.sa.tte.
国／どこ くに	**誕生日／あさって** たんじょう び
枯.尼.／都.寇.	它.恩.久.～.逼.／阿.沙.^貼.

16

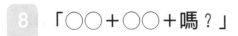

8　「○○＋○○＋嗎？」　○ **02**

wa.　　de.su.ka.
○○＋は＋○○＋ですか。
哇.　　　　　蔘.酥.卡.

這裡很痛嗎？

ko.ko.wa.i.ta.i.de.su.ka.

ここは痛<ruby>いた</ruby>いですか。

寇.寇.哇.伊.它.伊.蔘.酥.卡.

車站很遠嗎？

e.ki.wa.to.o.i.de.su.ka.

駅<ruby>えき</ruby>は遠<ruby>とお</ruby>いですか。

耶.<u>克伊</u>.哇.偷.～.伊.蔘.酥.卡.

替換看看

今天／很冷 kyo.o. / sa.mu.i. 今日<ruby>きょう</ruby>／寒<ruby>さむ</ruby>い <u>卡悠</u>.～.／沙.母.伊.	**夏天／很熱** na.tsu. / a.tsu.i. 夏<ruby>なつ</ruby>／暑<ruby>あつ</ruby>い 那.豬.／阿.豬.伊.	**老師／很年輕** se.n.se.e. / wa.ka.i. 先生<ruby>せんせい</ruby>／若<ruby>わか</ruby>い 誰.恩.誰.～.／哇.卡.伊.
眼睛／很大 me. / o.o.ki.i. 目<ruby>め</ruby>／大<ruby>おお</ruby>きい 妹.／歐.～.<u>克伊</u>.～.	**這個／很好吃** ko.re. / o.i.shi.i. これ／おいしい 寇.累.／歐.伊.西.～.	**價錢／很貴** ne.da.n. / ta.ka.i. 値段<ruby>ねだん</ruby>／高<ruby>たか</ruby>い 内.答.恩.／它.卡.伊.

基本句型

17

9 「不是＋○○。」

de.wa.a.ri.ma.se.n.

○○＋ではありません。

爹·哇·阿·里·媽·誰·恩·

不是義大利人。

i.ta.ri.a.ji.n.de.wa.a.ri.ma.se.n.

イタリア<ruby>人<rt>じん</rt></ruby>ではありません。

伊·它·里·阿·基·恩·爹·哇·阿·里·媽·誰·恩·

不是字典。

ji.sho.de.wa.a.ri.ma.se.n.

<ruby>辞書<rt>じ しょ</rt></ruby>ではありません。

基·休·爹·哇·阿·里·媽·誰·恩·

● 替換看看 ●

紅茶	電子字典	狗	山
ko.o.cha.	de.n.shi.ji.sho.	i.nu.	ya.ma.
<ruby>紅茶<rt>こうちゃ</rt></ruby>	<ruby>電子辞書<rt>でんし じしょ</rt></ruby>	<ruby>犬<rt>いぬ</rt></ruby>	<ruby>山<rt>やま</rt></ruby>
寇·～·洽·	爹·恩·西·基·休·	伊·奴·	呀·媽·

電冰箱	電風扇	電話	遙控器
re.e.zo.o.ko.	se.n.pu.u.ki.	de.n.wa.	ri.mo.ko.n.
<ruby>冷蔵庫<rt>れいぞう こ</rt></ruby>	<ruby>扇風機<rt>せんぷう き</rt></ruby>	<ruby>電話<rt>でん わ</rt></ruby>	リモコン
累·～·宙·～·寇·	誰·恩·撲·～·克伊·	爹·恩·哇·	里·某·寇·恩·

18

10 「好＋○○＋喔！」

○ **03**

de.su.ne.

○○＋ですね。

爹．酥．內．

好熱喔！

a.tsu.i.de.su.ne.

暑いですね。

阿．豬．伊．爹．酥．內．

好甜喔！

a.ma.i.de.su.ne.

甘いですね。

阿．媽．伊．爹．酥．內．

● 替換看看 ●

開朗	有朝氣	苦	鹹
a.ka.ru.i.	ge.n.ki.	ni.ga.i.	shi.o.ka.ra.i.
明るい	元気	苦い	塩辛い
阿．卡．魯．伊．	給．恩．克伊．	尼．嘎．伊．	西．歐．卡．拉．伊．

酸	新	舊	圓
su.ppa.i.	a.ta.ra.shi.i.	fu.ru.i.	ma.ru.i.
すっぱい	新しい	古い	丸い
酥．ˆ趴．伊．	阿．它．拉．西．～．	夫．魯．伊．	媽．魯．伊．

「好＋○○＋○○＋喔！」　○ 03

de.su.ne.
○○＋○○＋ですね。
爹.酥.内.

好棒的建築物喔！

su.te.ki.na.ta.te.mo.no.de.su.ne.

素敵な建物ですね。
すてき　　たてもの

酥.貼.克伊.那.它.貼.某.諾.爹.酥.内.

好好的天氣喔！

i.i.te.n.ki.de.su.ne.

いい天気ですね。
　　てんき

伊.～.貼.恩.克伊.爹.酥.内.

替換看看

有趣的／比賽

o.mo.shi.ro.i. / shi.a.i.

面白い／試合
おもしろ　　しあい

歐.某.西.摟.伊.／西.阿.伊.

短的／裙子

mi.ji.ka.i. / su.ka.a.to.

短い／スカート
みじか

咪.基.卡.伊.／酥.卡.～.偷.

好吃的／店家

o.i.shi.i. / mi.se.

おいしい／店
　　　　　　みせ

歐.伊.西.～.／咪.誰.

好的／位子

i.i. / se.ki.

いい／席
　　　　せき

伊.～.／誰.克伊.

12 「是＋○○＋吧！」 ○ 03

de.sho.o.

○○＋でしょう。

爹.休.～.

是晴天吧！

ha.re.de.sho.o.

は
晴れでしょう。

哈.累.爹.休.～.

是雨天吧！

a.me.de.sho.o.

あめ
雨でしょう。

阿.妹.爹.休.～.

● 替換看看 ●

雪	星期五	下下禮拜
yu.ki.	ki.n.yo.o.bi.	sa.ra.i.shu.u.
ゆき **雪**	きんようび **金曜日**	さ らいしゅう **再来週**
尤.克伊.	克伊.恩.悠.～.逼.	沙.拉.伊.西烏.～.

今晚	食物中毒	過敏
ko.n.ba.n.	sho.ku.a.ta.ri.	a.re.ru.gi.i.
こんばん **今晚**	しょく **食あたり**	**アレルギー**
寇.恩.拔.恩.	休.枯.阿.它.里.	阿.累.魯.哥伊.～.

基本句型

21

「○○。」　　　　　○ **04**

ma.su.

○○＋ます。

媽.酥.

吃飯。

go.ha.n.o.ta.be.ma.su.

ご飯を食べます。

勾.哈.恩.歐.它.貝.媽.酥.

聽音樂。

o.n.ga.ku.o.ki.ki.ma.su.

音楽を聞きます。

歐.恩.嘎.枯.歐.<u>克伊</u>.<u>克伊</u>.媽.酥.

● 替換看看 ●

下雨

a.me.ga.fu.ri.

雨が降り

阿.妹.嘎.夫.里.

去演唱會

ko.n.sa.a.to.ni.i.ki.

コンサートに行き

寇.恩.沙.～.偷.尼.伊.<u>克伊</u>.

學日語

ni.ho.n.go.o.be.n.kyo.o.shi.

日本語を勉強し

尼.后.恩.勾.歐.貝.恩.<u>卡悠</u>.歐.西.

會做菜

ryo.o.ri.ga.de.ki.

料理ができ

溜.～.里.嘎.爹.<u>克伊</u>.

14 「從＋○○＋來。」　○ 04

ka.ra.ki.ma.shi.ta.

○○＋から来ました。

卡·拉·克伊·媽·西·它·

從台灣來。

ta.i.wa.n.ka.ra.ki.ma.shi.ta.

台湾から来ました。
（たいわん／き）

它·伊·哇·恩·卡·拉·克伊·媽·西·它·

從中國來。

chu.u.go.ku.ka.ra.ki.ma.shi.ta.

中国から来ました。
（ちゅうごく／き）

七烏·〜·勾·枯·卡·拉·克伊·媽·西·它·

● 替換看看 ●

韓國	英國	越南
ka.n.ko.ku.	i.gi.ri.su.	be.to.na.mu.
韓国（かんこく）	**イギリス**	**ベトナム**
卡·恩·寇·枯·	伊·哥伊·里·酥·	貝·偷·那·母·

加拿大	歐洲	澳洲
ka.na.da.	yo.o.ro.ppa.	o.o.su.to.ra.ri.a.
カナダ	**ヨーロッパ**	**オーストラリア**
卡·那·答·	悠·〜·摟·^趴·	歐·〜·酥·偷·拉·里·阿·

「來＋○○＋吧！」　　　　○ **04**

ma.sho.o.

○○＋ましょう。
媽.休.～.

來打電動玩具吧！

ge.e.mu.o.shi.ma.sho.o.

ゲームをしましょう。

給.～.母.歐.西.媽.休.～.

來看電影吧！

e.e.ga.o.mi.ma.sho.o.

映画を見ましょう。
えい が　み

耶.～.嘎.歐.咪.媽.休.～.

● **替換看看** ●

跑到公園	滑雪
ko.o.e.n.ma.de.ha.shi.ri.	su.ki.i.o.shi.
公園まで走り こうえん　はし	スキーをし
寇.～.耶.恩.媽.爹.哈.西.里.	酥.克伊.～.歐.西.

唱歌	查網路
u.ta.o.u.ta.i.	ne.tto.de.shi.ra.be.
歌を歌い うた　うた	ネットで調べ しら
烏.它.歐.烏.它.伊.	内.^.偷.爹.西.拉.貝.

24

16 「請給我＋○○。」

o.ku.da.sa.i.

○○＋をください。
歐．枯．答．沙．伊．

請給我牛肉。

bi.i.fu.o.ku.da.sa.i.

ビーフをください。
逼．～．夫．歐．枯．答．沙．伊．

給我這個。

ko.re.o.ku.da.sa.i.

これをください。
寇．累．歐．枯．答．沙．伊．

● 替換看看 ●

收據	雜誌	毛衣	褲子
re.shi.i.to.	za.sshi.	se.e.ta.a.	zu.bo.n.
レシート	雑誌 ざっし	セーター	ズボン
累．西．～．偷．	雑．ˆ西．	誰．～．它．～．	茲．剝．恩．

咖啡	葡萄酒	拉麵	壽司
ko.o.hi.i.	wa.i.n.	ra.a.me.n.	su.shi.
コーヒー	ワイン	ラーメン	寿司 すし
寇．～．<u>喝伊</u>．～．	哇．伊．恩．	拉．～．妹．恩．	酥．西．

「請給我＋○○。」　　　○ **05**

ku.da.sa.i.

○○＋ください。

枯.答.沙.伊.

給我一個。

hi.to.tsu.ku.da.sa.i.

ひと
一つください。

喝伊.偷.豬.枯.答.沙.伊.

請給我一支。

i.ppo.n.ku.da.sa.i.

いっぽん
1本ください。

伊.＾剖.恩.枯.答.沙.伊.

● 替換看看 ●

六個	兩張	一打	三本
mu.ttsu.	ni.ma.i.	i.chi.da.a.su.	sa.n.sa.tsu.
むっ 六つ	にまい 2枚	いち 1ダース	さんさつ 3冊
母.＾豬.	尼.媽.伊.	伊.七.答.～.酥.	沙.恩.沙.豬.

一人份	一盒	一點	多一些
i.chi.ni.n.ma.e.	hi.to.ha.ko.	su.ko.shi.	mo.tto.
いちにんまえ 1人前	ひとはこ 一箱	すこ 少し	もっと
伊.七.尼.恩.媽.耶.	喝伊.偷.哈.寇.	酥.寇.西.	某.＾偷.

18 「請給我＋○○＋○○。」 ○ **05**

○○＋を＋○○＋ください。
欧. ku.da.sa.i.
枯.答.沙.伊.

給我一個披薩。

pi.za.o.hi.to.tsu.ku.da.sa.i.

ピザを一つください。

披.雜.歐.喝伊.偷.豬.枯.答.沙.伊.

給我兩張車票。

ki.ppu.o.ni.ma.i.ku.da.sa.i.

切符を2枚ください。

克伊.＾撲.歐.尼.媽.伊.枯.答.沙.伊.

● 替換看看 ●

白開水／一杯	筆記本／一本
o.mi.zu. / i.ppa.i.	no.o.to. / i.ssa.tsu.
お水／1杯	ノート／1冊
歐.咪.茲.／伊.＾趴.伊.	諾.～.偷.／伊.＾沙.豬.

香菸／一條	康乃馨／一朵
ta.ba.ko. / wa.n.ka.a.to.n.	ka.a.ne.e.sho.n. / i.chi.ri.n.
タバコ／ワンカートン	カーネーション／1輪
它.拔.寇.／哇.恩.卡.～.偷.恩.	卡.～.內.～.休.恩.／伊.七.里.恩.

「請＋○○。」　　　　　　　　○ **05**

ku.da.sa.i.

○○＋ください。
枯.答.沙.伊.

請給我看一下。

mi.se.te.ku.da.sa.i.

見^みせてください。

咪.誰.貼.枯.答.沙.伊.

請告訴我。

o.shi.e.te.ku.da.sa.i.

教^{おし}えてください。

歐.西.耶.貼.枯.答.沙.伊.

● 替換看看 ●

寫	開	拿	叫
ka.i.te.	a.ke.te.	to.tte.	yo.n.de.
書^かいて	開^あけて	取^とって	呼^よんで
卡.伊.貼.	阿.克耶.貼.	偷.ˆ貼.	悠.恩.爹.

洗	進來	借過一下	停下來
a.ra.tte.	ha.i.tte.	to.o.shi.te.	to.ma.tte.
洗^{あら}って	入^{はい}って	通^{とお}して	止^とまって
阿.拉.ˆ貼.	哈.伊.ˆ貼.	偷.～.西.貼.	偷.媽.ˆ貼.

28

20 「請＋○○＋○○。」 ○ **05**

o. de. ku.da.sa.i.

○○＋を／で＋○○＋ください。

歐． 爹． 枯.答.沙.伊.

請換房間。

he.ya.o.ka.e.te.ku.da.sa.i.

部屋を替えてください。

黑.呀.歐.卡.耶.貼.枯.答.沙.伊.

請叫警察。

ke.e.sa.tsu.o.yo.n.de.ku.da.sa.i.

警察を呼んでください。

克耶.～.沙.豬.歐.悠.恩.爹.枯.答.沙.伊.

● 替換看看 ●

空調／開	在那裡／停
e.a.ko.n.o. / tsu.ke.te.	so.ko.de. / to.ma.tte.
エアコンを／つけて	**そこで／止まって**
耶.阿.寇.恩.歐.／豬.克耶.貼.	搜.寇.爹.／偷.媽.ˆ貼.

用漢字／寫	這個／說明
ka.n.ji.de. / ka.i.te.	ko.re.o. / se.tsu.me.e.shi.te.
漢字で／書いて	**これを／説明して**
卡.恩.基.爹.／卡.伊.貼.	寇.累.歐.／誰.豬.妹.～.西.貼.

21 「請＋○○＋○○。」　　　○ **06**

ku.da.sa.i.

○○＋○○＋ください。
枯．答．沙．伊．

請趕快起床。

ha.ya.ku.o.ki.te.ku.da.sa.i.

早く起きてください。
哈．呀．枯．歐．克伊．貼．枯．答．沙．伊．

請簡單説明。

ya.sa.shi.ku.se.tsu.me.e.shi.te.ku.da.sa.i.

やさしく説明してください。
呀．沙．西．枯．誰．豬．妹．～．西．貼．枯．答．沙．伊．

● 替換看看 ●

安靜地／走路 shi.zu.ka.ni. / a.ru.i.te. **静かに／歩いて** 西．茲．卡．尼．／阿．魯．伊．貼．	小塊／切 chi.i.sa.ku. / ki.tte. **小さく／切って** 七．～．沙．枯．／克伊．^貼．
乾淨地／洗 ki.re.e.ni. / a.ra.tte. **きれいに／洗って** 克伊．累．～．尼．／阿．拉．^貼．	短／縮（短） mi.ji.ka.ku. / tsu.me.te. **短く／つめて** 咪．基．卡．枯．／豬．妹．貼．

22 「請（弄）＋○○。」 ○ 06

shi.te.ku.da.sa.i.

○○＋してください。
西.貼.枯.答.沙.伊.

請算便宜一點。

ya.su.ku.shi.te.ku.da.sa.i.

安くしてください。
やす

呀.酥.枯.西.貼.枯.答.沙.伊.

請快一點。

ha.ya.ku.shi.te.ku.da.sa.i.

早くしてください。
はや

哈.呀.枯.西.貼.枯.答.沙.伊.

● 替換看看 ●

短	乾淨	寬鬆
mi.ji.ka.ku.	ki.re.e.ni.	yu.ru.ku.
短く みじか	**きれいに**	**ゆるく**
咪.基.卡.枯.	克伊.累.～.尼.	尤.魯.枯.
溫暖	安靜點	溫柔點
a.ta.ta.ka.ku.	shi.zu.ka.ni.	ya.sa.shi.ku.
暖かく あたた	**静かに** しず	**やさしく**
阿.它.它.卡.枯.	西.茲.卡.尼.	呀.沙.西.枯.

i.ku.ra.de.su.ka.

○○＋いくらですか。

伊・枯・拉・爹・酥・卡・

這個多少錢？

ko.re.i.ku.ra.de.su.ka.

これ、いくらですか。

寇・累・伊・枯・拉・爹・酥・卡・

大人要多少錢？

o.to.na.i.ku.ra.de.su.ka.

おとな
大人、いくらですか。

歐・偷・那・伊・枯・拉・爹・酥・卡・

● 替換看看 ●

領帶	絲巾	雙人房（兩張單人床）
ne.ku.ta.i.	su.ka.a.fu.	tsu.i.n.ru.u.mu.
ネクタイ	**スカーフ**	**ツインルーム**
内・枯・它・伊・	酥・卡・～・夫・	豬・伊・恩・魯・～・母・

雙人房（雙人床的）	單程	來回
da.bu.ru.ru.u.mu.	ka.ta.mi.chi.	o.o.fu.ku.
ダブルルーム	かたみち **片道**	おうふく **往復**
答・布・魯・魯・～・母・	卡・它・咪・七・	歐・～・夫・枯・

24 「○○＋多少錢？」

○ 06

i.ku.ra.de.su.ka.

○○＋いくらですか。

伊.枯.拉.爹.酥.卡.

一個小時多少錢？

i.chi.ji.ka.n.i.ku.ra.de.su.ka.

1時間（いちじかん）いくらですか。

伊.七.基.卡.恩.伊.枯.拉.爹.酥.卡.

一件（套）多少錢？

i.ccha.ku.i.ku.ra.de.su.ka.

1着（いっちゃく）いくらですか。

伊.＾洽.枯.伊.枯.拉.爹.酥.卡.

替換看看

一晚	半天	一台	一雙
i.ppa.ku.	ha.n.ni.chi.	i.chi.da.i.	i.sso.ku.
いっぱく **1泊**	はんにち **半日**	いちだい **1台**	いっそく **1足**
伊.＾趴.枯.	哈.恩.尼.七.	伊.七.答.伊.	伊.＾搜.枯.
一人份	五杯	一組	一盤
i.chi.ni.n.ma.e.	go.ha.i.	wa.n.se.tto.	hi.to.sa.ra.
いちにんまえ **1人前**	ご はい **5杯**	**ワンセット**	ひとさら **一皿**
伊.七.尼.恩.媽.耶.	勾.哈.伊.	哇.恩.誰.＾偷.	喝伊.偷.沙.拉.

25 「○○＋○○＋多少錢？」 ○ **07**

i.ku.ra.de.su.ka.

○○＋○○＋いくらですか。

伊.枯.拉.爹.酥.卡.

這個一個多少錢？

ko.re.hi.to.tsu.i.ku.ra.de.su.ka.

これ、一ついくらですか。
（ひと）

寇.累.喝伊.偷.豬.伊.枯.拉.爹.酥.卡.

生魚片一人份多少錢？

sa.shi.mi.i.chi.ni.n.ma.e.i.ku.ra.de.su.ka.

刺身、1人前いくらですか。
（さしみ）（いちにんまえ）

沙.西.咪.伊.七.尼.恩.媽.耶.伊.枯.拉.爹.酥.卡.

● 替換看看 ●

高跟鞋／一雙
ha.i.hi.i.ru. ／ i.sso.ku.
ハイヒール／1足（いっそく）
哈.伊.喝伊.～.魯.／伊.＾搜.枯.

相機／一台
ka.me.ra. ／ i.chi.da.i.
カメラ／1台（いちだい）
卡.妹.拉.／伊.七.答.伊.

烤雞串／一支
ya.ki.to.ri. ／ i.ppo.n.
焼き鳥／1本（や）（とり）（いっぽん）
呀.克伊.偷.里.／伊.＾剖.恩.

玫瑰花／一朵
ba.ra. ／ i.chi.ri.n.
ばら／1輪（いちりん）
拔.拉.／伊.七.里.恩.

「有＋○○＋嗎？」 **○ 07**

基本句型

wa.a.ri.ma.su.ka.

○○＋はありますか。
哇.阿.里.媽.酥.卡.

有報紙嗎？

shi.n.bu.n.wa.a.ri.ma.su.ka.

しんぶん
新聞はありますか。
西.恩.布.恩.哇.阿.里.媽.酥.卡.

有位子嗎？

se.ki.wa.a.ri.ma.su.ka.

せき
席はありますか。
誰.克伊.哇.阿.里.媽.酥.卡.

● 替換看看 ●

傳真機	游泳池	番茄醬	醬油
fa.kku.su.	pu.u.ru.	ke.cha.ppu.	sho.o.yu.
ファックス	**プール**	**ケチャップ**	**しょうゆ**
發.^枯.酥.	撲.～.魯.	克耶.洽.^撲.	休.～.尤.

砂糖	鹽巴	冰箱	熨斗
sa.to.o.	shi.o.	re.e.zo.o.ko.	a.i.ro.n.
さ とう	しお	れいぞう こ	
砂糖	**塩**	**冷蔵庫**	**アイロン**
沙.偷.～.	西.歐.	累.～.宙.～.寇.	阿.伊.攞.恩.

「有＋○○＋嗎？」 ○ **07**

wa.a.ri.ma.su.ka.

○○＋はありますか。

哇.阿.里.媽.酥.卡.

有郵局嗎？

yu.u.bi.n.kyo.ku.wa.a.ri.ma.su.ka.

<ruby>郵便局<rt>ゆうびんきょく</rt></ruby>はありますか。

尤.～.逼.恩.卡悠.枯.哇.阿.里.媽.酥.卡.

有大眾澡堂嗎？

se.n.to.o.wa.a.ri.ma.su.ka.

<ruby>銭湯<rt>せんとう</rt></ruby>はありますか。

誰.恩.偷.～.哇.阿.里.媽.酥.卡.

• 替換看看 •

公車站	加油站
ba.su.te.e.	ga.so.ri.n.su.ta.n.do.
バス<ruby>停<rt>てい</rt></ruby>	ガソリンスタンド
拔.酥.貼.～.	嘎.搜.里.恩.酥.它.恩.都.

美術館	滑雪場
bi.ju.tsu.ka.n.	su.ki.i.jo.o.
<ruby>美術館<rt>びじゅつかん</rt></ruby>	スキー<ruby>場<rt>じょう</rt></ruby>
逼.啾.豬.卡.恩.	酥.克伊.～.久.～.

28 「有＋○○的＋○○＋嗎？」 ○ 07

wa.a.ri.ma.su.ka.

○○＋○○＋はありますか。

哇.阿.里.媽.酥.卡.

有便宜的位子嗎？

ya.su.i.se.ki.wa.a.ri.ma.su.ka.

安^{やす}い席^{せき}はありますか。

呀.酥.伊.誰.克伊.哇.阿.里.媽.酥.卡.

有紅色的裙子嗎？

a.ka.i.su.ka.a.to.wa.a.ri.ma.su.ka.

赤^{あか}いスカートはありますか。

阿.卡.伊.酥.卡.阿.偷.哇.阿.里.媽.酥.卡.

● 替換看看 ●

黑色的／高跟鞋
ku.ro.i. / ha.i.hi.i.ru.
黒^{くろ}い／ハイヒール
枯.摟.伊.／哈.伊.喝伊.～.魯.

古老的／神社
fu.ru.i. / ji.n.ja.
古^{ふる}い／神社^{じんじゃ}
夫.魯.伊.／基.恩.甲.

有趣的／主題樂園
o.mo.shi.ro.i. / te.e.ma.pa.a.ku.
面白^{おもしろ}い／テーマパーク
歐.某.西.摟.伊.／貼.～.媽.趴.～.枯.

便宜的／旅館
ya.su.i. / ryo.ka.n.
安^{やす}い／旅館^{りょかん}
呀.酥.伊.／溜.卡.恩.

37

「○○＋在哪裡？」　　　　○ **08**

wa.do.ko.de.su.ka.

○○＋はどこですか。

哇.都.寇.爹.酥.卡.

廁所在哪裡？

to.i.re.wa.do.ko.de.su.ka.

トイレはどこですか。

偷.伊.累.哇.都.寇.爹.酥.卡.

百貨公司在哪裡？

de.pa.a.to.wa.do.ko.de.su.ka.

デパートはどこですか。

爹.趴.～.偷.哇.都.寇.爹.酥.卡.

● **替換看看** ●

市場	名產店	超市	便利超商
i.chi.ba.	mi.ya.ge.mo.no.ya.	su.u.pa.a.	ko.n.bi.ni.
いちば **市場**	もの や **みやげ物屋**	**スーパー**	**コンビニ**
伊.七.拔.	咪.呀.給.某.諾.呀.	酥.～.趴.～.	寇.恩.逼.尼.

水族館	遊樂園	澡堂	車站（電車、火車站）
su.i.zo.ku.ka.n.	yu.u.e.n.chi.	se.n.to.o.	e.ki.
すいぞくかん **水族館**	ゆうえん ち **遊園地**	せんとう **銭湯**	えき **駅**
酥.伊.宙.枯.卡.恩.	尤.～.耶.恩.七.	誰.恩.偷.～.	耶.<u>克伊</u>.

「麻煩你我要＋○○。」　○ **08**

o.o.ne.ga.i.shi.ma.su.
○○＋をお願^{ねが}いします。
歐．歐．內．嘎．伊．西．媽．酥．

麻煩幫我保管行李。

ni.mo.tsu.o.o.ne.ga.i.shi.ma.su.
荷物^{にもつ}をお願^{ねが}いします。
尼．某．豬．歐．歐．內．嘎．伊．西．媽．酥．

麻煩結帳。

o.ka.n.jo.o.o.o.ne.ga.i.shi.ma.su.
お勘定^{かんじょう}をお願^{ねが}いします。
歐．卡．恩．久．～．歐．歐．內．嘎．伊．西．媽．酥．

● 替換看看 ●

住宿退房	預約
che.kku.a.u.to.	yo.ya.ku.
チェックアウト	**予約^{よやく}**
切．＾枯．阿．烏．偷．	悠．呀．枯．

手寫收據	兌幣
ryo.o.shu.u.sho.	ryo.o.ga.e.
領収書^{りょうしゅうしょ}	**両替^{りょうがえ}**
溜．～．西烏．～．休．	溜．～．嘎．耶．

「麻煩你我要＋○○。」　○ **08**

de.o.ne.ga.i.shi.ma.su.
○○＋でお願<ruby>願<rt>ねが</rt></ruby>いします。
爹.歐.内.嘎.伊.西.媽.酥.

麻煩我要空運。

ko.o.ku.u.bi.n.de.o.ne.ga.i.shi.ma.su.
航空便<ruby><rt>こうくうびん</rt></ruby>でお願<ruby><rt>ねが</rt></ruby>いします。
寇.～.枯.～.逼.恩.爹.歐.内.嘎.伊.西.媽.酥.

麻煩你我要用信用卡付款。

ka.a.do.de.o.ne.ga.i.shi.ma.su.
カードでお願<ruby><rt>ねが</rt></ruby>いします。
卡.～.都.爹.歐.内.嘎.伊.西.媽.酥.

● 替換看看 ●

一次付清	現金	分開付	刷卡
i.kka.tsu.ba.ra.i.	ge.n.ki.n.	be.tsu.be.tsu.	ka.a.do.
一括払い<ruby><rt>いっかつばら</rt></ruby>	現金<ruby><rt>げんきん</rt></ruby>	別々<ruby><rt>べつべつ</rt></ruby>	カード
伊.ˆ卡.豬.拔.拉.伊.	給.恩.克伊.恩.	貝.豬.貝.豬.	卡.～.都.

限時信件	掛號	中文	美語
so.ku.ta.tsu.	ka.ki.to.me.	chu.u.go.ku.go.	e.e.go.
速達<ruby><rt>そくたつ</rt></ruby>	書留<ruby><rt>かきとめ</rt></ruby>	中国語<ruby><rt>ちゅうごく ご</rt></ruby>	英語<ruby><rt>えい ご</rt></ruby>
搜.枯.它.豬.	卡.克伊.偷.妹.	七烏.～.勾.枯.勾.	耶.～.勾.

ma.de.o.ne.ga.i.shi.ma.su.

○○＋までお願_{ねが}いします。

媽.爹.歐.内.嘎.伊.西.媽.酥.

麻煩我到車站。

e.ki.ma.de.o.ne.ga.i.shi.ma.su.

駅_{えき}までお願_{ねが}いします。

耶.克伊.媽.爹.歐.内.嘎.伊.西.媽.酥.

麻煩我到飯店。

ho.te.ru.ma.de.o.ne.ga.i.shi.ma.su.

ホテルまでお願_{ねが}いします。

后.貼.魯.媽.爹.歐.内.嘎.伊.西.媽.酥.

● 替換看看 ●

機場	銀行	區公所	派出所
ku.u.ko.o.	gi.n.ko.o.	ku.ya.ku.sho.	ko.o.ba.n.
空港_{くうこう}	銀行_{ぎんこう}	区役所_{くやくしょ}	交番_{こうばん}
枯.〜.寇.〜.	哥伊.恩.寇.〜.	枯.呀.枯.休.	寇.〜.拔.恩.

公園	圖書館	電影院	百貨公司
ko.o.e.n.	to.sho.ka.n.	e.e.ga.ka.n.	de.pa.a.to.
公園_{こうえん}	図書館_{としょかん}	映画館_{えいがかん}	デパート
寇.〜.耶.恩.	偷.休.卡.恩.	耶.〜.嘎.卡.恩.	爹.趴.〜.偷.

「請給我＋○○＋○○。」 ○ **09**

o.ne.ga.i.shi.ma.su.
○○＋○○＋お願（ねが）いします。

歐.內.嘎.伊.西.媽.酥.

請給我一張成人票。

o.to.na.i.chi.ma.i.o.ne.ga.i.shi.ma.su.

大人（おとな）１枚（まい）お願（ねが）いします。

歐.偷.那.伊.七.媽.伊.歐.內.嘎.伊.西.媽.酥.

請給我一瓶啤酒。

bi.i.ru.i.ppo.n.o.ne.ga.i.shi.ma.su.

ビール１本（いっぽん）お願（ねが）いします。

逼.～.魯.伊.ˆ剖.恩.歐.內.嘎.伊.西.媽.酥.

● 替換看看 ●

魚／兩條	襯衫／一件
sa.ka.na. / ni.hi.ki.	sha.tsu. / i.chi.ma.i.
魚（さかな）／２匹（にひき）	シャツ／１枚（いちまい）
沙.卡.那.／尼.喝伊.克伊.	蝦.豬.／伊.七.媽.伊.

絲襪／一雙	雨傘／一支
su.to.kki.n.gu. / i.sso.ku.	ka.sa. / i.ppo.n.
ストッキング／一足（いっそく）	傘（かさ）／１本（いっぽん）
酥.偷.ˆ克伊.恩.估.／伊.ˆ搜.枯.	卡.沙.／伊.ˆ剖.恩.

34 「○○＋如何？」　　○ **09**

wa.do.o.de.su.ka.

○○＋はどうですか。

哇.都.～.爹.酥.卡.

旅行怎麼樣？

ryo.ko.o.wa.do.o.de.su.ka.

りょこう
旅行はどうですか。

溜.寇.歐.哇.都.～.爹.酥.卡.

領帶如何？

ne.ku.ta.i.wa.do.o.de.su.ka.

ネクタイはどうですか。

內.枯.它.伊.哇.都.～.爹.酥.卡.

● 替換看看 ●

壽司 su.shi. **すし** **寿司** 酥.西.	大阪燒 o.ko.no.mi.ya.ki. **この や** **お好み焼き** 歐.寇.諾.咪.呀.<u>克伊</u>.	關東煮 o.de.n. **おでん** 歐.爹.恩.	章魚燒 ta.ko.ya.ki. **や** **たこ焼き** 它.寇.呀.<u>克伊</u>.
計程車 ta.ku.shi.i. **タクシー** 它.枯.西.～.	腳踏車 ji.te.n.sha. **じ てんしゃ** **自転車** 基.貼.恩.蝦.	電車 de.n.sha. **でんしゃ** **電車** 爹.恩.蝦.	電纜車 ke.e.bu.ru.ka.a. **ケーブルカー** <u>克耶</u>.～.布.魯.卡.～.

「○○＋的＋○○＋如何？」 ○ 09

no.   wa.do.o.de.su.ka.

○○＋の＋○○＋はどうですか。

諾.   哇.都.～.爹.酥.卡.

今年的運勢如何？

ko.to.shi.no.u.n.se.e.wa.do.o.de.su.ka.

今年の運勢はどうですか。
こ と し　　うんせい

寇.偷.西.諾.烏.恩.誰.～.哇.都.～.爹.酥.卡.

今天天氣如何？

kyo.o.no.te.n.ki.wa.do.o.de.su.ka.

今日の天気はどうですか。
きょう　　てん き

卡悠.歐.諾.貼.恩.克伊.哇.都.～.爹.酥.卡.

・替換看看・

下個月／預定

ra.i.ge.tsu. / yo.te.e.

来月／予定
らいげつ　　よ てい

拉.伊.給.豬.／.悠.貼.～.

下星期／時間狀況

ra.i.shu.u. / tsu.go.o.

来週／都合
らいしゅう　　つ ごう

拉.伊.西烏.～.／.豬.勾.～.

下午／氣溫

go.go. / ki.o.n.

午後／気温
ご ご　　き おん

勾.勾.／.克伊.歐.恩.

晚上／降雨機率

yo.ru. / ko.o.su.i.ka.ku.ri.tsu.

夜／降水確率
よる　　こうすいかくりつ

悠.魯.／.寇.～.酥.伊.卡.枯.里.豬.

「我要＋○○。」 ○ **09**

ga.i.i.de.su.

○○＋がいいです。

嘎.伊.伊.～.爹.酥.

我要咖啡。

ko.o.hi.i.ga.i.i.de.su.

コーヒーがいいです。

寇.～.喝伊.～.嘎.伊.～.爹.酥.

我要這個。

ko.re.ga.i.i.de.su.

これがいいです。

寇.累.嘎.伊.～.爹.酥.

● 替換看看 ●

拉麵	炒飯	烏龍麵	果汁
ra.a.me.n.	cha.a.ha.n.	u.do.n.	ju.u.su.
ラーメン	**チャーハン**	**うどん**	**ジュース**
拉.～.妹.恩.	洽.～.哈.恩.	烏.都.恩.	啾.～.酥.

蕃茄	葡萄	西瓜	櫻桃
to.ma.to.	bu.do.o.	su.i.ka.	sa.ku.ra.n.bo.
トマト	**ぶどう**	**すいか**	**さくらんぼ**
偷.媽.偷.	布.都.～.	酥.伊.卡.	沙.枯.拉.恩.剝.

no.ga.i.i.de.su.

○○＋のがいいです。

諾.嘎.伊.～.爹.酥.

我要大的。

o.o.ki.i.no.ga.i.i.de.su.

おお
大きいのがいいです。

歐.～.克伊.～.諾.嘎.伊.～.爹.酥.

我要便宜的。

ya.su.i.no.ga.i.i.de.su.

やす
安いのがいいです。

呀.酥.伊.諾.嘎.伊.～.爹.酥.

● 替換看看 ●

小的	藍的	白的	黃的
chi.i.sa.i.	a.o.i.	shi.ro.i.	ki.i.ro.i.
ちい 小さい	あお 青い	しろ 白い	き いろ 黄色い
七.～.沙.伊.	阿.歐.伊.	西.摟.伊.	克伊.～.摟.伊.

冰的	耐用的	四方形的	長的
tsu.me.ta.i.	jo.o.bu.na.	shi.ka.ku.i.	na.ga.i.
つめ 冷たい	じょう ぶ 丈夫な	しかく 四角い	なが 長い
豬.妹.它.伊.	久.～.布.那.	西.卡.枯.伊.	那.嘎.伊.

基本句型

mo.i.i.de.su.ka.

○○＋もいいですか。

某.伊.～.爹.酥.卡.

可以喝嗎？

no.n.de.mo.i.i.de.su.ka.

飲んでもいいですか。

諾.恩.爹.某.伊.～.爹.酥.卡.

可以試穿嗎？

shi.cha.ku.shi.te.mo.i.i.de.su.ka.

試着してもいいですか。

西.洽.枯.西.貼.某.伊.～.爹.酥.卡.

• 替換看看 •

用	問；聽	看
tsu.ka.tte.	ki.i.te.	mi.te.
使って	**きいて**	**見て**
豬.卡.ˆ貼.	克伊.～.貼.	咪.貼.

摸	坐下	站起來
sa.wa.tte.	su.wa.tte.	ta.tte.
触って	**座って**	**立って**
沙.哇.ˆ貼.	酥.哇.ˆ貼.	它.ˆ貼.

「可以＋○○＋○○＋嗎？」 ○ **10**

mo.i.i.de.su.ka.

○○＋○○＋もいいですか。

某.伊.～.蒙.酥.卡.

可以抽煙嗎？

ta.ba.ko.o.su.tte.mo.i.i.de.su.ka.

タバコを吸^すってもいいですか。

它.拔.寇.歐.酥.^貼.某.伊.～.蒙.酥.卡.

可以坐這裡嗎？

ko.ko.ni.su.wa.tte.mo.i.i.de.su.ka.

ここに座^{すわ}ってもいいですか。

寇.寇.尼.酥.哇.^貼.某.伊.～.蒙.酥.卡.

● 替換看看 ●

作品／碰
sa.ku.hi.n.ni. / sa.wa.tte.
作品^{さくひん}に／触^{さわ}って
沙.枯.喝伊.恩.尼.／沙.哇.^貼.

裡面／進入
na.ka.ni. / ha.i.tte.
中^{なか}に／入^{はい}って
那.卡.尼.／哈.伊.^貼.

鋼琴／彈奏
pi.a.no.o. / hi.i.te.
ピアノを／弾^ひいて
披.阿.諾.歐.／喝伊.～.貼.

鞋子／脫掉
ku.tsu.o. / nu.i.de.
靴^{くつ}を／脱^ぬいで
枯.豬.歐.／奴.伊.蒙.

48

ta.i.de.su.

○○＋たいです。

它.伊.爹.酥.

我想吃。

ta.be.ta.i.de.su.

食べたいです。
<ruby>食<rt>た</rt></ruby>

它.貝.它.伊.爹.酥.

我想聽。

ki.ki.ta.i.de.su.

聞きたいです。
<ruby>聞<rt>き</rt></ruby>

克伊.克伊.它.伊.爹.酥.

● 替換看看 ●

游泳	看	買	搭
o.yo.gi.	mi.	ka.i.	no.ri.
泳ぎ およ	見 み	買い か	乗り の
歐.悠.哥伊.	咪.	卡.伊.	諾.里.

去	變瘦	變胖	休息
i.ki.	ya.se.	fu.to.ri.	ya.su.mi.
行き い	痩せ や	太り ふと	休み やす
伊.克伊.	呀.誰.	夫.偷.里.	呀.酥.咪.

41 「我想到＋○○。」

○ **11**

ma.de.i.ki.ta.i.de.su.

○○＋まで行きたいです。
<small>い</small>

媽.爹.伊.<u>克伊</u>.它.伊.爹.酥.

想到澀谷車站。

shi.bu.ya.e.ki.ma.de.i.ki.ta.i.de.su.

渋谷駅まで行きたいです。
<small>しぶ や えき</small> <small>い</small>

西.布.呀.耶.<u>克伊</u>.媽.爹.伊.<u>克伊</u>.它.伊.爹.酥.

我想到新宿。

shi.n.ju.ku.ma.de.i.ki.ta.i.de.su.

新宿まで行きたいです。
<small>しんじゅく</small> <small>い</small>

西.恩.啾.枯.媽.爹.伊.<u>克伊</u>.它.伊.爹.酥.

◦ 替換看看 ◦

最近的車站	成田機場	横濱
mo.yo.ri.e.ki.	na.ri.ta.ku.u.ko.o.	yo.ko.ha.ma.
最寄り駅 <small>も よ えき</small>	**成田空港** <small>なり た くうこう</small>	**横浜** <small>よこはま</small>
某.悠.里.耶.<u>克伊</u>.	那.里.它.枯.～.寇.～.	悠.寇.哈.媽.

原宿	青山	惠比壽
ha.ra.ju.ku.	a.o.ya.ma.	e.bi.su.
原宿 <small>はらじゅく</small>	**青山** <small>あおやま</small>	**恵比寿** <small>え び す</small>
哈.拉.啾.枯.	阿.歐.呀.媽.	耶.逼.酥.

ta.i.de.su.

○○＋たいです。
它.伊.爹.酥.

想泡溫泉。

o.n.se.n.ni.ha.i.ri.ta.i.de.su.

温泉に入りたいです。

歐.恩.誰.恩.尼.哈.伊.里.它.伊.爹.酥.

想看電影。

e.e.ga.ga.mi.ta.i.de.su.

映画が見たいです。

耶.～.嘎.嘎.咪.它.伊.爹.酥.

● 替換看看 ●

看煙火	去聽演唱會
ha.na.bi.ga.mi.	ko.n.sa.a.to.ni.i.ki.
花火が見	**コンサートに行き**
哈.那.逼.嘎.咪.	寇.恩.沙.～.偷.尼.伊.克伊.

吃咖哩	學柔道
ka.re.e.ga.ta.be.	ju.u.do.o.o.na.ra.i.
カレーが食べ	**柔道を習い**
卡.累.～.嘎.它.貝.	啾.～.都.～.歐.那.拉.伊.

「我在找＋○○。」　　　○ **11**

o.sa.ga.shi.te.i.ma.su.
○○＋を<ruby>探<rt>さが</rt></ruby>しています。
歐．沙．嘎．西．貼．伊．媽．酥．

我在找裙子。

su.ka.a.to.o.sa.ga.shi.te.i.ma.su.

スカートを<ruby>探<rt>さが</rt></ruby>しています。

酥．卡．～．偷．歐．沙．嘎．西．貼．伊．媽．酥．

我在找雨傘。

ka.sa.o.sa.ga.shi.te.i.ma.su.

<ruby>傘<rt>かさ</rt></ruby>を<ruby>探<rt>さが</rt></ruby>しています。

卡．沙．歐．沙．嘎．西．貼．伊．媽．酥．

● 替換看看 ●

膠帶	筆盒	活頁資料夾	皮帶
se.ro.ha.n.te.e.pu.	fu.de.ba.ko.	ba.i.n.da.a.	be.ru.to.
セロハンテープ	<ruby>筆箱<rt>ふでばこ</rt></ruby>	バインダー	ベルト
誰．摟．哈．恩．貼．～．撲．	夫．爹．拔．寇．	拔．伊．恩．答．～．	貝．魯．偷．
圍巾	洗髮精	潤絲精	護髮乳
ma.fu.ra.a.	sha.n.pu.u.	ri.n.su.	ko.n.di.sho.na.a.
マフラー	シャンプー	リンス	コンディショナー
媽．夫．拉．～．	蝦．恩．撲．～．	里．恩．酥．	寇．恩．低．休．那．～．

44 「我要＋○○。」

ga.ho.shi.i.de.su.

○○＋がほしいです。
嘎.后.西.～.爹.酥.

想要鞋子。

ku.tsu.ga.ho.shi.i.de.su.

<ruby>くつ</ruby>
靴がほしいです。
枯.豬.嘎.后.西.～.爹.酥.

想要香水。

ko.o.su.i.ga.ho.shi.i.de.su.

<ruby>こうすい</ruby>
香水がほしいです。
寇.～.酥.伊.嘎.后.西.～.爹.酥.

● 替換看看 ●

布丁	洋芋片	冰淇淋
pu.ri.n.	po.te.to.chi.ppu.su.	a.i.su.ku.ri.i.mu.
プリン	**ポテトチップス**	**アイスクリーム**
撲.里.恩.	剖.貼.偷.七.ˆ撲.酥.	阿.伊.酥.枯.里.～.母.

手機	底片	小提琴
ke.e.ta.i.de.n.wa.	fi.ru.mu.	ba.i.o.ri.n.
けいたいでんわ		
携帯電話	**フィルム**	**バイオリン**
克耶.～.它.伊.爹.恩.哇.	發伊.魯.母.	拔.伊.歐.里.恩.

「很會＋○○。」 ○ **12**

ga.jo.o.zu.de.su.
○○＋が上手です。
嘎.久.～.茲.爹.酥.

很會打網球。

te.ni.su.ga.jo.o.zu.de.su.
テニスが上手です。
貼.尼.酥.嘎.久.～.茲.爹.酥.

很會作菜。

ryo.o.ri.ga.jo.o.zu.de.su.
料理が上手です。
溜.歐.里.嘎.久.～.茲.爹.酥.

替換看看

游泳	跳繩	跳舞
su.i.e.e.	na.wa.to.bi.	o.do.ri.
水泳	縄跳び	踊り
酥.伊.耶.～.	那.哇.偷.逼.	歐.都.里.

畫圖	美語	日語
e.	e.e.go.	ni.ho.n.go.
絵	英語	日本語
耶.	耶.～.勾.	尼.后.恩.勾.

「太＋○○。」 ○ **12**

su.gi.ma.su.

○○＋すぎます。

酥.哥伊.媽.酥.

太貴。

ta.ka.su.gi.ma.su.

<ruby>高<rt>たか</rt></ruby>すぎます。

它.卡.酥.哥伊.媽.酥.

太大。

o.o.ki.su.gi.ma.su.

<ruby>大<rt>おお</rt></ruby>きすぎます。

歐.～.克伊.酥.哥伊.媽.酥.

● 替換看看 ●

少	小	薄	快
su.ku.na.	chi.i.sa.	u.su.	ha.ya.
<ruby>少<rt>すく</rt></ruby>な	<ruby>小<rt>ちい</rt></ruby>さ	<ruby>薄<rt>うす</rt></ruby>	<ruby>速<rt>はや</rt></ruby>
酥.枯.那.	七.～.沙.	烏.酥.	哈.呀.

難	重	高興	美
mu.zu.ka.shi.	o.mo.	u.re.shi.	u.tsu.ku.shi.
<ruby>難<rt>むずか</rt></ruby>し	<ruby>重<rt>おも</rt></ruby>	うれし	<ruby>美<rt>うつく</rt></ruby>し
母.茲.卡.西.	歐.某.	烏.累.西.	烏.豬.枯.西.

47 「喜歡＋○○。」　　　○ **12**

ga.su.ki.de.su.
○○＋が好きです。
嘎.酥.克伊.爹.酥.

喜歡漫畫。

ma.n.ga.ga.su.ki.de.su.
マンガが好きです。
媽.恩.嘎.嘎.酥.克伊.爹.酥.

喜歡電玩。

ge.e.mu.ga.su.ki.de.su.
ゲームが好きです。
給.～.母.嘎.酥.克伊.爹.酥.

● 替換看看 ●

爬山 to.za.n. **登山** 偷.雜.恩.	釣魚 tsu.ri. **つり** 豬.里.	兜風 do.ra.i.bu. **ドライブ** 都.拉.伊.布.	足球 sa.kka.a. **サッカー** 沙.ˆ卡.～.
高爾夫球 go.ru.fu. **ゴルフ** 勾.魯.夫.	演歌 e.n.ka. **演歌** 耶.恩.卡.	爵士樂 ja.zu. **ジャズ** 甲.茲.	小説 sho.o.se.tsu. **小説** 休.～.誰.豬.

48 「對＋○○＋有興趣。」 ○ 12

ni.kyo.o.mi.ga.a.ri.ma.su.
○○＋に興味があります。

尼.卡悠.～.咪.嘎.阿.里.媽.酥.

對音樂有興趣。

o.n.ga.ku.ni.kyo.o.mi.ga.ari.ma.su.

おんがく　きょうみ
音楽に興味があります。

歐.恩.嘎.枯.尼.卡悠.～.咪.嘎阿.里.媽.酥.

對歷史有興趣。

re.ki.shi.ni.kyo.o.mi.ga.ari.ma.su.

れきし　きょうみ
歴史に興味があります。

累.克伊.西.尼.卡悠.～.咪.嘎阿.里.媽.酥.

• 替換看看 •

政治	經濟	藝術
se.e.ji.	ke.e.za.i.	ge.e.ju.tsu.
せいじ	けいざい	げいじゅつ
政治	経済	芸術
誰.～.基.	克耶.～.雜.伊.	給.～.啾.豬.

花道	茶道	戲劇
ka.do.o.	sa.do.o.	shi.ba.i.
かどう	さどう	しばい
華道	茶道	芝居
卡.都.～.	沙.都.～.	西.拔.伊.

「○○＋有＋○○。」　　　○ **13**

de. ga.a.ri.ma.su.

○○＋で＋○○＋があります。

爹. 嘎.阿.里.媽.酥.

京都有祇園祭。

kyo.o.to.de.gi.o.n.ma.tsu.ri.ga.a.ri.ma.su.

京都で祇園祭があります。
きょう と　　　ぎ おんまつり

卡悠.～.偷.爹.哥伊.歐.恩.媽.豬.里.嘎.阿.里.媽.酥.

秋田有竿燈祭。

a.ki.ta.de.ka.n.to.o.ma.tsu.ri.ga.a.ri.ma.su.

秋田で竿燈まつりがあります。
あき た　　　かんとう

阿.克伊.它.爹.卡.恩.偷.～.媽.豬.里.嘎.阿.里.伊.媽.酥.

● 替換看看 ●

青森／睡魔祭
a.o.mo.ri. / ne.bu.ta.ma.tsu.ri.
青森／ねぶた祭り あおもり　　　まつ
阿.歐.某.里.／内.布.它.媽.豬.里.

仙台／七夕祭
se.n.da.i. / ta.na.ba.ta.ma.tsu.ri.
仙台／七夕まつり せんだい　　たなばた
誰.恩.答.伊.／它.那.拔.它.媽.豬.里.

幼稚園／運動會
yo.o.chi.e.n. / u.n.do.o.ka.i.
幼稚園／運動会 よう ち えん　　うんどうかい
悠.～.七.耶.恩.／烏.恩.都.歐.卡.伊.

武道館／演唱會
bu.do.o.ka.n. / ko.n.sa.a.to.
武道館／コンサート ぶ どうかん
布.都.～.卡.恩.／寇.恩.沙.～.偷.

50 「○○＋痛。」 ○ 13

ga.i.ta.i.de.su.
○○＋が痛いです。
嘎.伊.它.伊.爹.酥.

頭痛。

a.ta.ma.ga.i.ta.i.de.su.
頭が痛いです。
阿.它.媽.嘎.伊.它.伊.爹.酥.

肚子痛。

o.na.ka.ga.i.ta.i.de.su.
おなかが痛いです。
歐.那.卡.嘎.伊.它.伊.爹.酥.

• **替換看看** •

牙齒	耳朵	眼睛	膝蓋
ha.	mi.mi.	me.	hi.za.
歯	**耳**	**目**	**ひざ**
哈.	咪.咪.	妹.	喝伊.雜.

手臂	腰部	胸部	背部
u.de.	ko.shi.	mu.ne.	se.na.ka.
腕	**腰**	**胸**	**背中**
烏.爹.	寇.西.	母.內.	誰.那.卡.

基本句型

59

51 「我把＋○○＋弄丟了。」 ○ 13

o.na.ku.shi.ma.shi.ta.

○○＋をなくしました。

歐．那．枯．西．媽．西．它．

我把相機弄丟了。

ka.me.ra.o.na.ku.shi.ma.shi.ta.

カメラをなくしました。

卡．妹．拉．歐．那．枯．西．媽．西．它．

我把票弄丟了。

chi.ke.tto.o.na.ku.shi.ma.shi.ta.

チケットをなくしました。

七．克耶．＾偷．歐．那．枯．西．媽．西．它．

● 替換看看 ●

戒指	信用卡	眼鏡
yu.bi.wa.	(ku.re.ji.tto.)ka.a.do.	me.ga.ne.
ゆびわ **指輪**	**（クレジット）カード**	めがね **眼鏡**
尤．逼．哇．	（枯．累．基．＾偷．)卡．～．都．	妹．嘎．内．

手錶	身分證	護照
u.de.do.ke.e.	mi.bu.n.sho.o.me.e.sho.	pa.su.po.o.to.
うでどけい **腕時計**	み ぶんしょうめいしょ **身分証明書**	**パスポート**
烏．爹．都．克耶．～．	咪．布．恩．休．～．妹．～．休．	趴．酥．剖．～．偷．

ni.
o.wa.su.re.ma.shi.ta.

○○＋に＋○○＋を忘れました。
わす

尼.　　　　　歐.哇.酥.累.媽.西.它.

鑰匙忘在房間裡了。

he.ya.ni.ka.gi.o.wa.su.re.ma.shi.ta.

部屋に鍵を忘れました。
へ や　　かぎ　わす

黑.呀.尼.卡.哥伊.歐.哇.酥.累.媽.西.它.

傘忘在計程車上了。

ta.ku.shi.i.ni.ka.sa.o.wa.su.re.ma.shi.ta.

タクシーに傘を忘れました。
かさ　わす

它.枯.西.～.尼.卡.沙.歐.哇.酥.累.媽.西.它.

● 替換看看 ●

公車／皮包

ba.su. / ka.ba.n.

バス／かばん
拔.酥.／卡.拔.恩.

電影院／傘

e.e.ga.ka.n. / ka.sa.

映画館／傘
えい が かん　かさ

耶.～.嘎.卡.恩.／卡.沙.

餐廳／外套

re.su.to.ra.n. / ko.o.to.

レストラン／コート
累.酥.偷.拉.恩.／寇.～.偷.

浴室／手錶

ba.su.ru.u.mu. / u.de.do.ke.e.

バスルーム／腕時計
うで ど けい

拔.酥.魯.～.母.／烏.爹.都.克耶.～.

61

「○○＋被偷了。」　　　　○ **14**

o.nu.su.ma.re.ma.shi.ta.

○○＋を<ruby>盗<rt>ぬす</rt></ruby>まれました。

歐.奴.酥.媽.累.媽.西.它.

錢被偷了。

o.ka.ne.o.nu.su.ma.re.ma.shi.ta.

お<ruby>金<rt>かね</rt></ruby>を<ruby>盗<rt>ぬす</rt></ruby>まれました。

歐.卡.內.歐.奴.酥.媽.累.媽.西.它.

錢包被偷了。

sa.i.fu.o.nu.su.ma.re.ma.shi.ta.

<ruby>財<rt>さい</rt></ruby><ruby>布<rt>ふ</rt></ruby>を<ruby>盗<rt>ぬす</rt></ruby>まれました。

沙.伊.夫.歐.奴.酥.媽.累.媽.西.它.

● **替換看看** ●

車子	腳踏車
ku.ru.ma.	ji.te.n.sha.
<ruby>車<rt>くるま</rt></ruby>	**<ruby>自<rt>じ</rt></ruby><ruby>転車<rt>てんしゃ</rt></ruby>**
枯.魯.媽.	基.貼.恩.蝦.

喇叭、揚聲器	音響
a.n.pu.	su.te.re.o.
アンプ	**ステレオ**
阿.恩.撲.	酥.貼.累.歐.

「我想＋○○。」　○ **14**

to.o.mo.tte.i.ma.su.
○○＋と<ruby>思<rt>おも</rt></ruby>っています。
偷.歐.某.ˆ貼.伊.媽.酥.

我想去日本。

ni.ho.n.ni.i.ki.ta.i.to.o.mo.tte.i.ma.su.
<ruby>日本<rt>にほん</rt></ruby>に<ruby>行<rt>い</rt></ruby>きたいと<ruby>思<rt>おも</rt></ruby>っています。
尼.后.恩.尼.伊.<u>克伊</u>.它.伊.偷.歐.某.ˆ貼.伊.媽.酥.

我想當老師。

se.n.se.e.ni.na.ri.ta.i.to.o.mo.tte.i.ma.su.
<ruby>先生<rt>せんせい</rt></ruby>になりたいと<ruby>思<rt>おも</rt></ruby>っています。
誰.恩.誰.～.尼.那.里.它.伊.偷.歐.某.ˆ貼.伊.媽.酥.

● 替換看看 ●

想出國旅行	想早點回國
ka.i.ga.i.ryo.ko.o.shi.ta.i.	ha.ya.ku.ki.ko.ku.shi.ta.i.
<ruby>海外旅行<rt>かいがいりょこう</rt></ruby>したい	<ruby>早<rt>はや</rt></ruby>く<ruby>帰国<rt>きこく</rt></ruby>したい
卡.伊.嘎.伊.溜.寇.～.西.它.伊.	哈.呀.枯.克伊.寇.枯.西.它.伊.

買新家	她不會結婚
a.ta.ra.shi.i.i.e.o.ka.i.ta.i.	ka.no.jo.wa.ke.kko.n.shi.na.i.
<ruby>新<rt>あたら</rt></ruby>しい<ruby>家<rt>いえ</rt></ruby>を<ruby>買<rt>か</rt></ruby>いたい	<ruby>彼女<rt>かのじょ</rt></ruby>は<ruby>結婚<rt>けっこん</rt></ruby>しない
阿.它.拉.西.～.伊.耶.歐.卡.伊.它.伊.	卡.諾.久.哇.克耶.ˆ寇.恩.西.那.伊.

第二步
日本人天天說的寒暄語

早安！

o.ha.yo.o.

おはよう！

歐.哈.悠.～.

早安！

o.ha.yo.o.go.za.i.ma.su.

おはようございます。

歐.哈.悠.～.勾.雜.伊.媽.酥.

你好！

ko.n.ni.chi.wa.

こんにちは。

寇.恩.尼.七.哇.

晚安！

ko.n.ba.n.wa.

こんばんは。

寇.恩.拔.恩.哇.

晚安！

o.ya.su.mi.na.sa.i.

おやすみなさい。

歐.呀.酥.咪.那.沙.伊.

請好好休息！

go.yu.kku.ri.o.ya.su.mi.ku.da.sa.i.

ごゆっくりお<ruby>休<rt>やす</rt></ruby>みください。

勾.尤.＾枯.里.歐.呀.酥.咪.枯.答.沙.伊.

好久不見了！

hi.sa.shi.bu.ri.da.ne.

<ruby>久<rt>ひさ</rt></ruby>しぶりだね。

喝伊.沙.西.布.里.答.內.

您最近可好？

o.ge.n.ki.de.su.ka.

お<ruby>元気<rt>げんき</rt></ruby>ですか。

歐.給.恩.克伊.爹.酥.卡.

2 　道別　　　　　　　　　　　　　15

再見！

sa.yo.o.na.ra.

さようなら。

沙.悠.～.那.拉.

（明天）再見！

(a.shi.ta.)ma.ta.a.i.ma.sho.o.

（明日）また会いましょう。

（阿.西.它.）媽.它.阿.伊.媽.休.～.

再見面吧！

ma.ta.a.i.ma.sho.o.

また会いましょう。

媽.它.阿.伊.媽.休.～.

承蒙關照了。

o.se.wa.ni.na.ri.ma.shi.ta.

お世話になりました。

歐.誰.哇.尼.那.里.媽.西.它.

多保重！

o.ge.n.ki.de.

お元気で。

歐.給.恩.克伊.爹.

是。

ha.i.

はい。

哈.伊.

不是。

i.i.e.

いいえ。

伊.～.耶.

是的。

ha.i.so.o.de.su.

はい、そうです。

哈.伊.搜.～.爹.酥.

我知道了。

wa.ka.ri.ma.shi.ta.

わかりました。

哇.卡.里.媽.西.它.

我不知道。

wa.ka.ri.ma.se.n.

わかりません。

哇.卡.里.媽.誰.恩.

是的，麻煩了。

ha.i.o.ne.ga.i.shi.ma.su.

はい、お願いします。

哈.伊.歐.內.嘎.伊.西.媽.酥.

不，不用了。

i.i.e.ke.kko.o.de.su.

いいえ、結構です。

伊.～.耶.克耶.ˆ寇.～.爹.酥.

---

4 道謝 ○15

謝謝。

a.ri.ga.to.o.

ありがとう。

阿.里.嘎.偷.～.

非常感謝。

a.ri.ga.to.o.go.za.i.ma.su.

ありがとうございます。

阿.里.嘎.偷.～.勾.雜.伊.媽.酥.

我很高興！

u.re.shi.i.de.su.

うれしいです。

烏.累.西.～.爹.酥.

我很開心！

ta.no.shi.ka.tta.de.su.

^{たの}楽しかったです。

楽しかったです。

它.諾.西.卡.＾它.爹.酥.

您辛苦啦！

o.tsu.ka.re.sa.ma.de.shi.ta.

おつかれさまでした。

歐.豬.卡.累.沙.媽.爹.西.它.

真是是幫了大忙，謝謝。

ta.su.ka.tta.do.o.mo.a.ri.ga.to.o.

助かった！どうもありがとう！

它.酥.卡.＾它.都.～.某.阿.里.嘎.偷.～.

道歉 ○**15**

對不起。

go.me.n.na.sa.i.

ごめんなさい。

勹.妹.恩.那.沙.伊.

請原諒我。

yu.ru.shi.te.ku.da.sa.i.

<ruby>許<rt>ゆる</rt></ruby>してください。

尤.魯.西.貼.枯.答.沙.伊.

非常抱歉。

mo.o.shi.wa.ke.a.ri.ma.se.n.

<ruby>申<rt>もう</rt></ruby>し<ruby>訳<rt>わけ</rt></ruby>ありません。

某.～.西.哇.<u>克耶</u>.阿.里.媽.誰.恩.

給您添麻煩了。

go.me.e.wa.ku.o.o.ka.ke.shi.ma.shi.ta.

ご<ruby>迷惑<rt>めいわく</rt></ruby>をおかけしました。

勹.妹.～.哇.枯.歐.歐.卡.<u>克耶</u>.西.媽.西.它.

失禮了。

shi.tsu.re.e.shi.ma.shi.ta.

<ruby>失礼<rt>しつれい</rt></ruby>しました。

西.豬.累.～.西.媽.西.它.

沒關係的。

da.i.jo.o.bu.de.su.yo.

大丈夫ですよ。
<small>だいじょう ぶ</small>

答.伊.久.～.布.爹.酥.悠.

---

6 **請問一下**

請問一下……。

cho.tto.o.ta.zu.ne.shi.ta.i.no.de.su.ga.

ちょっとお尋ねしたいのですが。
<small>たず</small>

秋.＾.偷.歐.它.茲.內.西.它.伊.諾.爹.酥.嘎.

是，有什麼事嗎？

ha.i.na.n.de.sho.o.

はい、何でしょう。
<small>なん</small>

哈.伊.那.恩.爹.休.～.

這是什麼？

ko.re.wa.na.n.de.su.ka.

これは何ですか。
<small>なん</small>

寇.累.哇.那.恩.爹.酥.卡.

現在幾點呢？

i.ma.na.n.ji.de.su.ka.

今何時ですか。

伊.媽.那.恩.基.爹.酥.卡.

車站在哪裡？

e.ki.wa.do.ko.de.su.ka.

駅はどこですか。

耶.克伊.哇.都.寇.爹.酥.卡.

7800日圓。

na.na.se.n.ha.ppya.ku.e.n.de.su.

7,800円です。

那.那.誰.恩.哈.^披呀.枯.耶.恩.爹.酥.

給我一人份。

hi.to.tsu.ku.da.sa.i.

一つください。

喝伊.偷.豬.枯.答.沙.伊.

給我九個橘子。

mi.ka.n.kyu.u.ko.ku.da.sa.i.

みかん９個ください。

咪.卡.恩.<u>卡烏</u>.～.寇.枯.答.沙.伊.

給我兩瓶啤酒。

bi.i.ru.ni.ho.n.ku.da.sa.i.

ビール２本ください。

逼.～.魯.尼.后.恩.枯.答.沙.伊.

20歲。

ha.ta.chi.de.su.

20歳です。

哈.它.七.爹.酥.

三位。

sa.n.me.e.de.su.

３名です。

沙.恩.妹.～.爹.酥.

請幫我介紹一下。

sho.o.ka.i.shi.te.ku.da.sa.i.

紹介してください。
しょうかい

休.～.卡.伊.西.貼.枯.答.沙.伊.

請給我這本書。

ko.no.ho.n.o.ku.da.sa.i.

この本をください。
ほん

寇.諾.后.恩.歐.枯.答.沙.伊.

請寫在這裡。

ko.ko.ni.ka.i.te.ku.da.sa.i.

ここに書いてください。
か

寇.寇.尼.卡.伊.貼.枯.答.沙.伊.

請幫我帶路。

a.n.na.i.shi.te.ku.da.sa.i.

案内してください。
あんない

阿.恩.那.伊.西.貼.枯.答.沙.伊.

請等一下。

cho.tto.ma.tte.ku.da.sa.i.

ちょっと待ってください。
ま

秋.ˆ.偷.媽.ˆ.貼.枯.答.沙.伊.

請吃。

ta.be.te.ku.da.sa.i.

食^たべてください。

它.貝.貼.枯.答.沙.伊.

---

9 自我介紹 1 ○ **16**

幸會。

ha.ji.me.ma.shi.te.

はじめまして。

哈.基.妹.媽.西.貼.

很高興見到您。

o.me.ni.ka.ka.re.te.u.re.shi.i.de.su.

お目^めにかかれてうれしいです。

歐.妹.尼.卡.卡.累.貼.烏.累.西.～.爹.酥.

我叫○○。

wa.ta.shi.wa.○○.to.mo.o.shi.ma.su.

私^{わたし}は○○と申^{もう}します。

哇.它.西.哇.○○.偷.某.～.西.媽.酥.

我來自○○。

○○.ka.ra.ki.ma.shi.ta.

○○から来ました。

○○.卡.拉.克伊.媽.西.它.

我住在○○。

○○.ni.su.n.de.i.ma.su.

○○に住んでいます。

○○.尼.酥.恩.爹.伊.媽.酥.

我第一次到日本。

ni.ho.n.wa.ha.ji.me.te.de.su.

日本は初めてです。

尼.后.恩.哇.哈.基.妹.貼.爹.酥.

自我介紹2　　　　　　○16

我是上班族。

wa.ta.shi.wa.ka.i.sha.i.n.de.su.

私は会社員です。

哇.它.西.哇.卡.伊.蝦.伊.恩.爹.酥.

你來自哪個國家？

o.ku.ni.wa.do.chi.ra.de.su.ka.

お国はどちらですか。

歐.枯.尼.哇.都.七.拉.爹.酥.卡.

我還沒結婚。

ke.kko.n.wa.shi.te.i.ma.se.n.

結婚はしていません。

克耶.＾寇.恩.哇.西.貼.伊.媽.誰.恩.

請告訴我電話號碼。

de.n.wa.ba.n.go.o.o.o.shi.e.te.ku.da.sa.i.

電話番号を教えてください。

爹.恩.哇.拔.恩.勾.～.歐.歐.西.耶.貼.枯.答.沙.伊.

請告訴我電子郵件。

i.i.me.e.ru.a.do.re.su.o.o.o.shi.e.te.ku.da.sa.i.

Ｅメールアドレスを教えてください。

伊.～.妹.～.魯.阿.都.累.酥.歐.歐.西.耶.貼.枯.答.沙.伊.

請多多指教。

yo.ro.shi.ku.o.ne.ga.i.shi.ma.su.

よろしくお願いします。

悠.摟.西.枯.歐.內.嘎.伊.西.媽.酥.

第三步
到日本旅遊就這樣說吧

○○＋在哪裡？

○ **17**

wa.do.ko.de.su.ka.

○○＋はどこですか。

哇‧都‧寇‧爹‧酥‧卡‧

我的座位	商務客艙	經濟艙
wa.ta.shi.no.se.ki.	bi.ji.ne.su.ku.ra.su.	e.ko.no.mi.i.ku.ra.su.
わたし せき **私の席**	**ビジネスクラス**	**エコノミークラス**
哇‧它‧西‧諾‧誰‧克伊‧	逼‧基‧內‧酥‧枯‧拉‧酥‧	耶‧寇‧諾‧咪‧伊‧枯‧拉‧酥‧

洗手間	緊急出口
to.i.re.	hi.jo.o.gu.chi.
トイレ	ひ じょうぐち **非常口**
偷‧伊‧累‧	喝伊‧久‧～‧估‧七‧

• 例句 •

不好意思請借過。

su.mi.ma.se.n.

すみません。

酥‧咪‧媽‧誰‧恩‧

可以換一下座位嗎？

se.ki.o.ka.e.te.i.ta.da.ke.ma.se.n.ka.

せき か
席を変えていただけませんか。

誰‧克伊‧歐‧卡‧耶‧貼‧伊‧它‧答‧克耶‧媽‧誰‧恩‧卡‧

可以坐這個座位嗎？

ko.no.se.ki.ni.su.wa.tte.mo.i.i.de.su.ka.

この席に座ってもいいですか。

寇．諾．誰．<u>克伊</u>．尼．酥．哇．＾貼．某．伊．～．爹．酥．卡．

行李放不進去。

ni.mo.tsu.ga.ha.i.ri.ma.se.n.

荷物が入りません。

尼．某．豬．嘎．哈．伊．里．媽．誰．恩．

我的椅子可以往後躺嗎？

i.su.o.ta.o.shi.te.mo.i.i.de.su.ka.

椅子を倒してもいいですか。

伊．酥．歐．它．歐．西．貼．某．伊．～．爹．酥．卡．

可以去上廁所嗎？

o.te.a.ra.i.ni.i.tte.mo.i.i.de.su.ka.

お手洗いに行ってもいいですか。

歐．貼．阿．拉．伊．尼．～．＾貼．某．伊．～．爹．酥．卡．

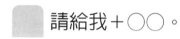

請給我＋○○。　　　　　　　　○ **17**

o.ku.da.sa.i.
○○＋をください。
歐.枯.答.沙.伊.

飲料	咖啡	毛毯
no.mi.mo.no.	ko.o.hi.i.	mo.o.fu.
飲み物	**コーヒー**	**毛布**
諾.咪.某.諾.	寇.～.喝伊.～.	某.～.夫.

地圖	雞肉	葡萄酒
chi.zu.	chi.ki.n.	wa.i.n.
地図	**チキン**	**ワイン**
七.茲.	七.克伊.恩.	哇.伊.恩.

•例句•

請給我飲料。

no.mi.mo.no.o.ku.da.sa.i.
飲み物をください。
諾.咪.某.諾.歐.枯.答.沙.伊.

請給我白葡萄酒。

shi.ro.wa.i.n.o.ku.da.sa.i.
白ワインをください。
西.撈.哇.伊.恩.歐.枯.答.沙.伊.

我要牛肉。

gyu.u.ni.ku.o.o.ne.ga.i.shi.ma.su.

<ruby>牛<rt>ぎゅう</rt></ruby><ruby>肉<rt>にく</rt></ruby>を<ruby>お願<rt>ねが</rt></ruby>いします。

<u>克烏</u>.～.尼.枯.歐.歐.内.嘎.伊.西.媽.酥.

您要喝紅茶嗎？

ko.o.cha.i.ka.ga.de.su.ka.

<ruby>紅茶<rt>こうちゃ</rt></ruby>いかがですか。

寇.～.洽.伊.卡.嘎.爹.酥.卡.

請再給我一杯。

mo.o.i.ppa.i.ku.da.sa.i.

もう１<ruby>杯<rt>いっぱい</rt></ruby>ください。

某.～.伊.＾趴.伊.枯.答.沙.伊.

請給我毛巾。

ta.o.ru.o.ku.da.sa.i.

タオルをください。

它.歐.魯.歐.枯.答.沙.伊.

有＋○○＋嗎？

○**17**

wa.a.ri.ma.su.ka.

○○＋はありますか。

哇.阿.里.媽.酥.卡.

報紙

shi.n.bu.n.

しんぶん
新聞

西.恩.布.恩.

英文雜誌

e.e.go.no.za.sshi.

えいご ざっし
英語の雑誌

耶.～.勾.諾.雜.＾西.

感冒藥

ka.ze.gu.su.ri.

か ぜぐすり
風邪薬

卡.瑞賊.估.酥.里.

暈車藥

yo.i.do.me.gu.su.ri.

よ ど ぐすり
酔い止め薬

悠.伊.都.妹.估.酥.里.

入境卡

shu.tsu.nyu.u.ko.ku.ki.ro.ku.ka.a.do.

しゅつにゅうこく き ろく
出入国記録カード

西烏.豬.牛.～.寇.枯.克伊.攄.枯.卡.～.都.

• 例句 •

給我入境卡。

nyu.u.ko.ku.ka.a.do.o.ku.da.sa.i.

にゅうこく
入国カードをください。

牛.～.寇.枯.卡.～.都.～.枯.答.沙.伊.

我身體不舒服。

ki.bu.n.ga.wa.ru.i.de.su.

き ぶん わる
気分が悪いです。

克伊.布.恩.嘎.哇.魯.伊.爹.酥.

我肚子疼。

o.na.ka.ga.i.ta.i.de.su.

おなかが痛いです。

歐．那．卡．嘎．伊．它．伊．爹．酥．

現在我們在哪裡？

i.ma.do.no.he.n.de.su.ka.

今、どのへんですか。

伊．媽．都．諾．黑．恩．多．酥．卡．

幾點到達呢？

na.n.ji.ni.tsu.ki.ma.su.ka.

何時に着きますか。

那．恩．基．尼．豬．克伊．媽．酥．卡．

4 在入境海關

○**18**

您來訪的目的是什麼呢？

ryo.ko.o.no.mo.ku.te.ki.wa.na.n.de.su.ka.

旅行の目的は何ですか。

溜．寇．～．諾．某．枯．貼．克伊．哇．那．恩．爹．酥．卡．

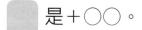
是＋○○。

de.su.

爹.酥.

開會 ka.i.gi. かい ぎ **会議** 卡.伊.<u>哥伊</u>.	觀光 ka.n.ko.o. かんこう **観光** 卡.恩.寇.～.	留學 ryu.u.ga.ku. りゅうがく **留学** <u>里烏</u>.～.嘎.枯.
工作 shi.go.to. し ごと **仕事** 西.勾.偷.	出差 shu.ccho.o. しゅっちょう **出張** <u>西烏</u>.＾秋.～.	拜訪朋友 chi.ji.n.ho.o.mo.n. ち じんほうもん **知人訪問** 七.基.恩.后.～.某.恩.

・例句・

請讓我看一下護照跟機票。

pa.su.po.o.to.to.to.o.jo.o.ke.n.o.mi.se.te.ku.da.sa.i.

とうじょうけん　み
パスポートと搭乗券を見せてください。

趴.酥.剖.～.偷.偷.偷.～.久.～.<u>克耶</u>.恩.歐.咪.誰.貼.枯.答.沙.伊.

請讓我看一下護照。

pa.su.po.o.to.o.mi.se.te.ku.da.sa.i.

み
パスポートを見せてください。

趴.酥.剖.～.偷.～.咪.誰.貼.枯.答.沙.伊.

88

好的，請。

ha.i.do.o.zo.

はい、どうぞ。

哈.伊.都.～.宙.

請在八號窗口前排隊。

ha.chi.ba.n.no.ma.do.gu.chi.ni.o.na.ra.bi.ku.da.sa.i.

8番の窓口にお並びください。

哈.七.拔.恩.諾.媽.都.估.七.尼.歐.那.拉.逼.枯.答.沙.伊.

請看這邊的照相機。

ka.me.ra.o.mi.te.ku.da.sa.i.

カメラを見てください。

卡.妹.拉.歐.咪.貼.枯.答.沙.伊.

請將食指按在這裡。（指紋採樣時）

hi.to.sa.shi.yu.bi.o.ko.ko.ni.o.i.te.ku.da.sa.i.

人差し指をここに置いてください。

喝伊.偷.沙.西.尤.逼.歐.寇.寇.尼.歐.伊.貼.枯.答.沙.伊.

請看這邊。（存錄個人臉部影像資料時）

ko.chi.ra.o.mi.te.ku.da.sa.i.

こちらを見てください。

寇.七.拉.歐.咪.貼.枯.答.沙.伊.

好的，這樣可以了。

ha.i.ko.re.de.ke.kko.o.de.su.

はい、これでけっこうです。

哈.伊.寇.累.爹.克耶.˄寇.～.爹.酥.

5 入境的目的　　　　　　　　○18

您預定停留多久？

na.n.ni.chi.ta.i.za.i.shi.ma.su.ka.

なんにちたいざい
何日滞在しますか。

那.恩.尼.七.它.伊.雜.伊.西.媽.酥.卡.

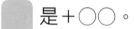 是＋○○。

de.su.
○○＋です。

爹.酥.

五天	三天	一星期
i.tsu.ka.ka.n.	mi.kka.ka.n.	i.sshu.u.ka.n.
いっかかん	**みっかかん**	**いっしゅうかん**
5日間	**3日間**	**1 週間**
伊.豬.卡.卡.恩.	咪.˄卡.卡.恩.	伊.˄西烏.～.卡.恩.

一個月	十天
i.kka.ge.tsu.	to.o.ka.ka.n.
いっ　げつ	とお　か　かん
1か月	**10日間**
伊.ˆ卡.給.豬.	偷.～.卡.卡.恩.

你從事什麼工作？

sho.ku.gyo.o.wa.na.n.de.su.ka.

しょくぎょう
職業はなんですか。

休.枯.克悠.～.哇.那.恩.爹.酥.卡.

（我）是＋○○。

de.su.
○○＋です。
爹.酥.

家庭主婦	醫生	學生
shu.fu.	i.sha.	ga.ku.se.e.
しゅ ふ	い しゃ	がくせい
主婦	**医者**	**学生**
西烏.夫.	伊.蝦.	嘎.枯.誰.～.

老師	公司職員
se.n.se.e.	ka.i.sha.i.n.
せんせい	かいしゃいん
先生	**会社員**
誰.恩.誰.～.	卡.伊.蝦.伊.恩.

91

• 例句 •

一起的嗎？

go.i.ssho.de.su.ka.

ご一緒ですか。
いっしょ

勹.伊.＾休.爹.酥.卡.

住在哪裡呢？

do.ko.ni.ta.i.za.i.shi.ma.su.ka.

どこに滞在しますか。
たいざい

都.寇.尼.它.伊.雜.伊.西.媽.酥.卡.

住在○○飯店。

○○.ho.te.ru.ni.to.ma.ri.ma.su.

○○ホテルに泊まります。
と

○○.后.貼.魯.尼.偷.媽.里.媽.酥.

有東西要申報的嗎？

shi.n.ko.ku.su.ru.mo.no.wa.a.ri.ma.su.ka.

申告するものはありますか。
しんこく

西.恩.寇.枯.酥.魯.某.諾.哇.阿.里.媽.酥.卡.

不，沒有。

i.i.e.a.ri.ma.se.n.

いいえ、ありません。

伊.～.耶.阿.里.媽.誰.恩.

沒有，沒有什麼要申報的。

i.i.e.shi.n.ko.ku.su.ru.mo.no.wa.a.ri.ma.se.n.

いいえ、申告（しんこく）するものはありません。

伊.～.耶.西.恩.寇.枯.酥.魯.某.諾.哇.阿.里.媽.誰.恩.

是日常用品跟禮物。

mi.no.ma.wa.ri.hi.n.to.pu.re.ze.n.to.de.su.

身（み）の回（まわ）り品（ひん）とプレゼントです。

咪.諾.媽.哇.里.喝伊.恩.偷.撲.累.瑞賊.恩.偷.爹.酥.

我的行李沒有出來。

ni.mo.tsu.ga.de.te.ko.na.i.no.de.su.ga.

荷物（にもつ）が出（で）てこないのですが。

尼.某.豬.嘎.爹.貼.寇.那.伊.諾.爹.酥.嘎.

請在這裡填寫聯絡地址。

ko.chi.ra.ni.go.re.n.ra.ku.sa.ki.o.ki.nyu.u.shi.te.ku.da.sa.i.

こちらにご連絡先（れんらくさき）を記入（きにゅう）してください。

寇.七.拉.尼.勾.累.恩.拉.枯.沙.克伊.歐.克伊.牛.～.西.貼.枯.答.沙.伊.

我想換錢。

ryo.o.ga.e.shi.ta.i.no.de.su.ga.

両替（りょうがえ）したいのですが。

溜.～.嘎.耶.西.它.伊.諾.爹.酥.嘎.

今天的匯率是多少呢？

kyo.o.no.ka.wa.se.re.e.to.wa.i.ku.ra.de.su.ka.

今日の為替レートはいくらですか。

卡悠.～.諾.卡.哇.誰.累.～.偷.哇.伊.枯.拉.爹.酥.卡.

有多少日圓呢？

na.n.e.n.ni.na.ri.ma.su.ka.

何円になりますか。

那.恩.耶.恩.尼.那.里.媽.酥.卡.

幫我加些零錢。

ko.ze.ni.mo.ma.ze.te.ku.da.sa.i.

小銭も混ぜてください。

寇.瑞賊.尼.某.媽.瑞賊.貼.枯.答.沙.伊.

幫我加些硬幣。

ko.i.n.mo.ma.ze.te.ku.da.sa.i.

コインも混ぜてください。

寇.伊.恩.某.媽.瑞賊.貼.枯.答.沙.伊.

1 住宿登記

○○＋多少錢？

(wa.)i.ku.ra.de.su.ka.

○○＋（は）いくらですか。

（哇.）伊.枯.拉.爹.酥.卡.

一晚	一個人	兩張單人床房間
i.ppa.ku.	hi.to.ri.	tsu.i.n.wa.
いっぱく	ひとり	
1泊	**一人**	**ツインは**
伊.＾趴.枯.	喝伊.偷.里.	豬.伊.恩.哇.

一張雙人床房間	單人床房間	這個房間
da.bu.ru.wa.	shi.n.gu.ru.wa.	ko.no.he.ya.wa.
ダブルは	**シングルは**	**この部屋は**
答.布.魯.哇.	西.恩.估.魯.哇.	寇.諾.黑.呀.哇.

總統套房
su.i.i.to.ru.u.mu.wa.
スイートルームは
酥.伊.～.偷.魯.～.母.哇.

● 例句 ●

我要住宿登記。

che.kku.i.n.o.o.ne.ga.i.shi.ma.su.

チェックインをお願いします。

切.＾枯.伊.恩.歐.歐.內.嘎.伊.西.媽.酥.

我有預約。

yo.ya.ku.shi.te.a.ri.ma.su.

予約してあります。

悠.呀.枯.西.貼.阿.里.媽.酥.

我已經預約好了，叫○○。

yo.ya.ku.o.shi.ta.○○.de.su.

予約をした○○です。

悠.呀.枯.歐.西.它.○○.爹.酥.

您貴姓大名？

o.na.ma.e.wa.

お名前は？

歐.那.媽.耶.哇.

一晚多少錢？

i.ppa.ku.i.ku.ra.de.su.ka.

1泊いくらですか。

伊.ˆ趴.枯.伊.枯.拉.爹.酥.卡.

有附早餐嗎？

cho.o.sho.ku.wa.tsu.ki.ma.su.ka.

朝食は付きますか。

秋.～.休.枯.哇.豬.克伊.媽.酥.卡.

早餐幾點開始呢？

cho.o.sho.ku.wa.na.n.ji.ka.ra.de.su.ka.

<ruby>朝食<rt>ちょうしょく</rt></ruby>は<ruby>何時<rt>なんじ</rt></ruby>からですか。

秋.～.休.枯.哇.那.恩.基.卡.拉.爹.酥.卡.

幾點退房呢？

che.kku.a.u.to.wa.na.n.ji.de.su.ka.

チェックアウトは<ruby>何時<rt>なんじ</rt></ruby>ですか。

切.＾枯.阿.烏.偷.哇.那.恩.基.爹.酥.卡.

我要退房。

che.kku.a.u.to.o.o.ne.ga.i.shi.ma.su.

チェックアウトをお<ruby>願<rt>ねが</rt></ruby>いします。

切.＾枯.阿.烏.偷.～.歐.內.嘎.伊.西.媽.酥.

 享受服務

請＋○○。

⚪19

　　　　　o.　　　　　　　　ku.da.sa.i.
○○＋を＋○○＋ください。
　　　歐.　　　　　　　　枯.答.沙.伊.

熨斗／借我
a.i.ro.n./ ka.shi.te.
アイロン／貸して
か
阿.伊.摟.恩.／卡.西.貼.

行李／搬運
ni.mo.tsu./ ha.ko.n.de.
荷物／運んで
にもつ　はこ
尼.某.豬.／哈.寇.恩.爹.

地方／告訴我
ba.sho./ o.shi.e.te.
場所／教えて
ばしょ　おし
拔.休.／歐.西.耶.貼.

使用方法／教我
tsu.ka.i.ka.ta./ o.shi.e.te.
使い方／教えて
つか　かた　おし
豬.卡.伊.卡.它.／歐.西.耶.貼.

● 例句 ●

可以幫我保管貴重物品嗎？

ki.cho.o.hi.n.o.a.zu.ka.tte.mo.ra.e.ma.su.ka.

貴重品を預かってもらえますか。
き　ちょうひん　　あず

克伊.秋.～.喝伊.恩.歐.阿.茲.卡.＾貼.某.拉.耶.媽.酥.卡.

我想要寄放行李。

ni.mo.tsu.o.a.zu.ke.ta.i.no.de.su.ga.

荷物を預けたいのですが。
にもつ　　あず

尼.某.豬.歐.阿.茲.克耶.它.伊.諾.爹.酥.嘎.

我要叫醒服務。

mo.o.ni.n.gu.ko.o.ru.o.o.ne.ga.i.shi.ma.su.

モーニングコールをお願いします。
ねが

某.～.尼.恩.估.寇.～.魯.歐.歐.內.嘎.伊.西.媽.酥.

請借我加濕器。

ka.shi.tsu.ki.o.ka.shi.te.ku.da.sa.i.

加湿器を貸してください。

卡.西.豬.克伊.歐.卡.西.貼.枯.答.沙.伊.

請借我熨斗。

a.i.ro.n.o.ka.shi.te.ku.da.sa.i.

アイロンを貸してください。

阿.伊.攟.恩.歐.卡.西.貼.枯.答.沙.伊.

有會説中文的人嗎？

chu.u.go.ku.go.o.ha.na.se.ru.hi.to.wa.i.ma.su.ka.

中国語を話せる人はいますか。

七烏.～.勾.枯.勾.歐.哈.那.誰.魯.喝伊.偷.哇.伊.媽.酥.卡.

附近有便利商店嗎？

chi.ka.ku.ni.ko.n.bi.ni.wa.a.ri.ma.su.ka.

近くにコンビニはありますか。

七.卡.枯.尼.寇.恩.逼.尼.哇.阿.里.媽.酥.卡.

可以使用網路嗎？

i.n.ta.a.ne.tto.wa.ri.yo.o.de.ki.ma.su.ka.

インターネットは利用できますか。

伊.恩.它.～.内.^偷.哇.里.悠.～.爹.克伊.媽.酥.卡.

附近有好吃的餐廳嗎？

chi.ka.ku.ni.o.i.shi.i.re.su.to.ra.n.wa.a.ri.ma.su.ka.

<ruby>近<rt>ちか</rt></ruby>くにおいしいレストランはありますか。

七.卡.枯.尼.歐.伊.西.～.累.酥.偷.拉.恩.哇.阿.里.媽.酥.卡.

幫我叫計程車。

ta.ku.shi.i.o.yo.n.de.ku.da.sa.i.

タクシーを<ruby>呼<rt>よ</rt></ruby>んでください。

它.枯.西.～.歐.悠.恩.爹.枯.答.沙.伊.

緊急出口在哪裡？

hi.jo.o.gu.chi.wa.do.ko.de.su.ka.

<ruby>非<rt>ひ</rt></ruby><ruby>常<rt>じょう</rt></ruby><ruby>口<rt>ぐち</rt></ruby>はどこですか。

喝伊.久.～.估.七.哇.都.寇.爹.酥.卡.

3 在飯店遇到麻煩

請（幫我）＋○○。　　　　　　🔊**19**

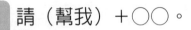

○○＋を＋○○＋ください。
歐.　　　　　　枯.答.沙.伊.

100

房間／更換	毛巾／更換
he.ya./ ka.e.te.	ta.o.ru./ ka.e.te.
部屋<ruby>へ</ruby>／替<ruby>か</ruby>えて	タオル／替<ruby>か</ruby>えて
黑.呀.／卡.耶.貼.	它.歐.魯.／卡.耶.貼.

床單／更換	醫生／叫喚
shi.i.tsu./ ka.e.te	o.i.sha.sa.n./ yo.n.de.
シーツ／替<ruby>か</ruby>えて	お医者<ruby>いしゃ</ruby>さん／呼<ruby>よ</ruby>んで
西.～.豬.／卡.耶.貼.	歐.伊.蝦.沙.恩.／悠.恩.爹.

● 例句 ●

怎麼了嗎？

do.o.ka.shi.ma.shi.ta.ka.

どうかしましたか。

都.～.卡.西.媽.西.它.卡.

鑰匙不見了。

ka.gi.o.na.ku.shi.te.shi.ma.tta.no.de.su.ga.

鍵<ruby>かぎ</ruby>をなくしてしまったのですが。

卡.哥伊.歐.那.枯.西.貼.西.媽.＾它.諾.爹.酥.嘎.

熱水不夠熱。

o.yu.ga.nu.ru.i.no.de.su.ga.

お湯<ruby>ゆ</ruby>がぬるいのですが。

歐.尤.嘎.奴.魯.伊.諾.爹.酥.嘎.

廁所沒有水。

to.i.re.no.mi.zu.ga.na.ga.re.na.i.no.de.su.ga.

トイレの水が流れないのですが。

偷.伊.累.諾.咪.茲.嘎.那.嘎.累.那.伊.諾.爹.酥.嘎.

沒有熱水。

o.yu.ga.de.na.i.no.de.su.ga.

お湯が出ないのですが。

歐.尤.嘎.爹.那.伊.諾.爹.酥.嘎.

電視打不開。

te.re.bi.ga.tsu.ka.na.i.no.de.su.ga.

テレビがつかないのですが。

貼.累.逼.嘎.豬.卡.那.伊.諾.爹.酥.嘎.

房間好冷。

he.ya.ga.sa.mu.i.no.de.su.ga.

部屋が寒いのですが。

黑.呀.嘎.沙.母.伊.諾.爹.酥.嘎.

隔壁的人很吵。

to.na.ri.no.he.ya.ga.u.ru.sa.i.no.de.su.ga.

隣の部屋がうるさいのですが。

偷.那.里.諾.黑.呀.嘎.烏.魯.沙.伊.諾.爹.酥.嘎.

幫我換別的房間。

chi.ga.u.he.ya.ni.shi.te.ku.da.sa.i.

違う部屋にしてください。

七.嘎.烏.黑.呀.尼.西.貼.枯.答.沙.伊.

房間的電燈沒辦法打開。

he.ya.no.de.n.ki.ga.tsu.ka.na.i.no.de.su.ga.

部屋の電気がつかないのですが。

黑.呀.諾.爹.恩.克伊.嘎.豬.卡.那.伊.諾.爹.酥.嘎.

房間的燈打不開。

de.n.ki.ga.tsu.ka.na.i.no.de.su.ga.

電気がつかないのですが。

爹.恩.克伊.嘎.豬.卡.那.伊.諾.爹.酥.嘎.

○○＋是＋○○。

○20

de.　　　　　de.su.
○○＋で＋○○＋です。
爹.　　　　　爹.酥.

今晚７點／兩位

ko.n.ba.n.shi.chi.ji./ fu.ta.ri.

こんばんしちじ　　ふたり
今晚７時／二人

寇.恩.拔.恩.西.七.基.／夫.它.里.

明晚８點／四位

a.shi.ta.no.yo.ru.ha.chi.ji./ yo.ni.n.

あした　よるはちじ　よにん
明日の夜８時／４人

阿.西.它.諾.悠.魯.哈.七.基.／悠.尼.恩.

今天６點／三位

kyo.o.no.ro.ku.ji./ sa.n.ni.n.

きょう　　ろくじ　　さんにん
今日の６時／３人

卡悠.～.諾.摟.枯.基.／沙.恩.尼.恩.

・例句・

我們有三個人，有位子嗎？

sa.n.ni.n.de.su.ga.se.ki.wa.a.ri.ma.su.ka.

さんにん　　　　せき
３人ですが、席はありますか。

沙.恩.尼.恩.爹.酥.嘎.誰.克伊.哇.阿.里.媽.酥.卡.

要等多久？

do.no.ku.ra.i.ma.chi.ma.su.ka.

ま
どのくらい待ちますか。

都.諾.枯.拉.伊.媽.七.媽.酥.卡.

我要窗邊的座位。

ma.do.ga.wa.no.se.ki.ga.i.i.no.de.su.ga.

窓側の席がいいのですが。

媽.都.嘎.哇.諾.誰.克伊.嘎.伊.～.諾.爹.酥.嘎.

有個室的嗎？

ko.shi.tsu.wa.a.ri.ma.su.ka.

個室はありますか。

寇.西.豬.哇.阿.里.媽.酥.卡.

套餐要多少錢？

ko.o.su.wa.i.ku.ra.de.su.ka.

コースはいくらですか。

寇.～.酥.哇.伊.枯.拉.爹.酥.卡.

2 開始叫菜囉

麻煩我要＋○○。　　　　　　　　○ **20**

o.ne.ga.i.shi.ma.su.

○○＋お願いします。

歐.內.嘎.伊.西.媽.酥.

預約	7點	算帳
yo.ya.ku.	shi.chi.ji.ni.	o.ka.n.jo.o.
予約	**7時に**	**お勘定**
悠.呀.枯.	西.七.基.尼.	歐.卡.恩.久.～.

確認	快一點	換錢
ka.ku.ni.n.	ha.ya.ku.	ryo.o.ga.e.
確認	**早く**	**両替**
卡.枯.尼.恩.	哈.呀.枯.	溜.～.嘎.耶.

• 例句 •

你好。

ko.n.ni.chi.wa.

こんにちは。

寇.恩.尼.七.哇.

歡迎光臨。

i.ra.ssha.i.ma.se.

いらっしゃいませ。

伊.拉.＾蝦.伊.媽.誰.

有不辣的料理嗎？

ka.ra.ku.na.i.ryo.o.ri.wa.a.ri.ma.su.ka.

辛くない料理はありますか。

卡.拉.枯.那.伊.溜.～.里.哇.阿.里.媽.酥.卡.

有的。

ha.i.a.ri.ma.su.

はい、あります。

哈.伊.阿.里.媽.酥.

麻煩我要點菜。

chu.u.mo.n.o.o.ne.ga.i.shi.ma.su.

注文をお願いします。
ちゅうもん　　　　ねが

<u>七烏</u>.～.某.恩.歐.歐.內.嘎.伊.西.媽.酥.

不要太辣。

ka.ra.sa.hi.ka.e.me.ni.shi.te.ku.da.sa.i.

辛さ控えめにしてください。
から　　ひか

卡.拉.沙.<u>喝伊</u>.卡.耶.妹.尼.西.貼.枯.答.沙.伊.

給我熱毛巾。

o.shi.bo.ri.o.ku.da.sa.i.

おしぼりをください。

歐.西.剝.里.歐.枯.答.沙.伊.

給我筷子。

o.ha.shi.o.ku.da.sa.i.

お箸をください。
はし

歐.哈.西.歐.枯.答.沙.伊.

3 我要點這個

有＋○○＋嗎？

wa.a.ri.ma.su.ka.

○○＋はありますか。

哇.阿.里.媽.酥.卡.

火鍋	定食	拉麵
na.be.mo.no.	te.e.sho.ku.	ra.a.me.n.
なべもの 鍋物	ていしょく 定食	ラーメン
那.貝.某.諾.	貼.～.休.枯.	拉.～.妹.恩.
烏龍麵	便當	牛肉蓋飯
u.do.n.	be.n.to.o.	gyu.u.do.n.
うどん	べんとう 弁当	ぎゅうどん 牛丼
烏.都.恩.	貝.恩.偷.～.	<u>克烏</u>.～.都.恩.

• 例句 •

有中文的菜單嗎？

chu.u.go.ku.go.no.me.nyu.u.wa.a.ri.ma.su.ka.

ちゅうごく ご
中国語のメニューはありますか。

<u>七烏</u>.～.勾.枯.勾.諾.妹.牛.～.哇.阿.里.媽.酥.卡.

我想點菜。

chu.u.mo.no.o.ne.ga.i.shi.ma.su.

ちゅうもん　　ねが
注文をお願いします。

<u>七烏</u>.～.某.恩.歐.歐.內.嘎.伊.西.媽.酥.

給我看菜單。

me.nyu.u.o.mi.se.te.ku.da.sa.i.

メニューを見せてください。

妹.牛.～.歐.咪.誰.貼.枯.答.沙.伊.

有什麼推薦的？

o.su.su.me.wa.na.n.de.su.ka.

お薦めは何ですか。

歐.酥.酥.妹.哇.那.恩.爹.酥.卡.

我想吃日本料理。

ni.ho.n.ryo.o.ri.ga.ta.be.ta.i.de.su.

日本料理が食べたいです。

尼.后.恩.溜.～.里.嘎.它.貝.它.伊.爹.酥.

我想吃道地的壽司跟天婦羅。

ho.n.ba.no.o.su.shi.to.te.n.pu.ra.ga.ta.be.ta.i.de.su.

本場のおすしと天ぷらが食べたいです。

后.恩.拔.諾.歐.酥.西.偷.貼.恩.撲.拉.嘎.它.貝.它.伊.爹.酥.

什麼最好吃？

na.ni.ga.i.chi.ba.n.o.i.shi.i.de.su.ka.

何が一番おいしいですか。

那.尼.嘎.伊.七.拔.恩.歐.伊.西.～.爹.酥.卡.

什麼好吃？

na.ni.ga.o.i.shi.i.de.su.ka.

何がおいしいですか。

那.尼.嘎.歐.伊.西.～.爹.酥.卡.

這是什麼料理？

ko.re.wa.do.n.na.ryo.o.ri.de.su.ka.

これはどんな料理ですか。

寇.累.哇.都.恩.那.溜.～.里.爹.酥.卡.

一樣的東西，給我們兩個。

o.na.ji.mo.no.o.fu.ta.tsu.ku.da.sa.i.

同じものを二つください。

歐.那.基.某.諾.歐.夫.它.豬.枯.答.沙.伊.

給我這個。

ko.re.o.ku.da.sa.i.

これをください。

寇.累.歐.枯.答.沙.伊.

給我跟那個一樣的東西。

a.re.to.o.na.ji.mo.no.o.ku.da.sa.i.

あれと同じものをください。

阿.累.偷.歐.那.基.某.諾.歐.枯.答.沙.伊.

「竹」套餐三人份。

ta.ke.sa.n.ni.n.ma.e.ku.da.sa.i.

竹３人前ください。

它.克耶.沙.恩.尼.恩.媽.耶.枯.答.沙.伊.

我要Ｃ定食。

wa.ta.shi.wa.shi.i.te.e.sho.ku.ni.shi.ma.su.

私はＣ定食にします。

哇.它.西.哇.西.～.貼.～.休.枯.尼.西.媽.酥.

我不要太辣。

ka.ra.sa.hi.ka.e.me.ni.shi.te.ku.da.sa.i.

辛さ控えめにしてください。

卡.拉.沙.喝伊.卡.耶.妹.尼.西.貼.枯.答.沙.伊.

您咖啡要什麼時候用呢？

ko.o.hi.i.wa.i.tsu.o.mo.chi.shi.ma.su.ka.

コーヒーはいつお持ちしますか。

寇.～.喝伊.～.哇.伊.豬.歐.某.七.西.媽.酥.卡.

麻煩餐前／餐後幫我送上。

sho.ku.ze.n./ sho.ku.go.ni.o.ne.ga.i.shi.ma.su.

食前／食後にお願いします。

休.枯.瑞賊.恩.／休.枯.勾.尼.歐.內.嘎.伊.西.媽.酥.

111

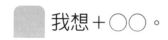

我想＋○○。 ○**21**

ta.i.de.su.
○○＋**たいです。**
它.伊.爹.酥.

吃	問	去
ta.be.	ki.ki.	i.ki.
食べ	**聞き**	**行き**
它.貝.	克伊.克伊.	伊.克伊.

搭乘	看
no.ri.	mi.
乗り	**見**
諾.里.	咪.

• 例句 •

可以吃了嗎？

mo.o.ta.be.te.i.i.de.su.ka.

もう食べていいですか。

某.～.它.貝.貼.伊.～.爹.酥.卡.

還不可以。

ma.da.de.su.yo.

まだですよ。

媽.答.爹.酥.悠.

可以吃了。

i.i.de.su.yo.

いいですよ。

伊.～.爹.酥.悠.

開動啦！

i.ta.da.ki.ma.su.

いただきます。

伊.它.答.克伊.媽.酥.

這要怎麼吃呢？

ko.re.wa.do.o.ta.be.ru.no.de.su.ka.

これはどう食べるのですか。

寇.累.哇.都.～.它.貝.魯.諾.爹.酥.卡.

這樣吃。

ko.o.ya.tte.ta.be.ma.su.

こうやって食べます。

寇.～.呀.＾貼.它.貝.媽.酥.

好辣！

ka.ra.i.

辛い。

卡.拉.伊.

好甜！

a.ma.i.

<ruby>甘<rt>あま</rt></ruby>い。

阿.媽.伊.

好吃！

o.i.shi.i.

おいしい。

歐.伊.西.～.

很燙。

a.tsu.i.de.su.

<ruby>熱<rt>あつ</rt></ruby>いです。

阿.豬.伊.爹.酥.

很辣。

ka.ra.i.de.su.

<ruby>辛<rt>から</rt></ruby>いです。

卡.拉.伊.爹.酥.

很苦。

ni.ga.i.de.su.

<ruby>苦<rt>にが</rt></ruby>いです。

尼.嘎.伊.爹.酥.

很鹹。

sho.ppa.i.de.su.

しょっぱいです。

休.＾趴.伊.爹.酥.

很酸。

su.ppa.i.de.su.

すっぱいです。

酥.＾趴.伊.爹.酥.

味道還可以。

ma.a.ma.a.de.su.

まあまあです。

媽.～.媽.～.爹.酥.

雖然很辣，但很好吃。

ka.ra.i.ke.re.do.o.i.shi.i.de.su.

辛^{から}いけれどおいしいです。

卡.拉.伊.克耶.累.都.歐.伊.西.～.爹.酥.

再來一碗。

o.ka.wa.ri.o.ku.da.sa.i.

お代^かわりをください。

歐.卡.哇.里.歐.枯.答.沙.伊.

不怎麼好吃。

a.ma.ri.o.i.shi.ku.a.ri.ma.se.n.

あまりおいしくありません。

阿.媽.里.歐.伊.西.枯.阿.里.媽.誰.恩.

我沒有點這個。

ko.re.wa.chu.u.mo.n.shi.te.i.ma.se.n.

これは注文していません。

寇.累.哇.<u>七烏</u>.～.某.恩.西.貼.伊.媽.誰.恩.

---

5 享受美酒

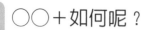 ＋如何呢？　　　　　◯**21**

(wa.)i.ka.ga.de.su.ka.

◯◯＋（は）いかがですか。

(哇.)伊.卡.嘎.爹.酥.卡.

| 一杯
i.ppai.
1杯
伊.＾趴.伊. | 罐裝啤酒
ka.n.bi.i.ru.
缶ビール
卡.恩.逼.～.魯. | 清酒
o.sa.ke.
お酒
歐.沙.<u>克耶</u>. |

當地清酒	燒酒	雞尾酒
ji.za.ke.	sho.o.chu.u.	ka.ku.te.ru.
じざけ 地酒	しょうちゅう 焼 酎	カクテル
基.雜.<u>克耶</u>.	休.～.<u>七烏</u>.～.	卡.枯.貼.魯.

• 例句 •

今天晚上，喝一杯吧！

ko.n.ba.n.i.ppa.i.ya.ri.ma.sho.o.

こんばん　　いっぱい
今晩、1杯やりましょう。

寇.恩.拔.恩.伊.^趴.伊.呀.里.媽.休.～.

你能喝多少？

do.re.ku.ra.i.no.me.ma.su.ka.

の
どれくらい飲めますか。

都.累.枯.拉.伊.諾.妹.媽.酥.卡.

兩瓶啤酒。

bi.i.ru.ni.ho.n.de.su.

に　ほん
ビール2本です。

逼.～.魯.尼.后.恩.爹.酥.

給我白／紅葡萄酒。

shi.ro./ a.ka.wa.i.no.ku.da.sa.i.

しろ　　あか
白／赤ワインをください。

西.摟.／阿.卡.哇.伊.恩.歐.枯.答.沙.伊.

這個最棒！

ko.re.ga.i.chi.ba.n.de.su.

これが一番です。

寇.累.嘎.伊.七.拔.恩.爹.酥.

給我兩杯生啤酒。

na.ma.bi.i.ru.fu.ta.tsu.ku.da.sa.i.

生ビール二つください。

那.媽.逼.～.魯.夫.它.豬.枯.答.沙.伊.

下酒菜幫我適當配一下。

tsu.ma.mi.wa.o.ma.ka.se.de.

つまみはおまかせで。

豬.媽.咪.哇.歐.媽.卡.誰.爹.

---

6 乾杯！

 請給我＋○○。

○**21**

ku.da.sa.i.

○○＋ください。

枯.答.沙.伊.

烏龍茶
u.u.ro.n.cha.
ウーロン茶
烏.～.摟.恩.洽.

（日式）茶
o.cha.
お茶
歐.洽.

紅茶
ko.o.cha.
紅茶
寇.～.洽.

奶茶
mi.ru.ku.ti.i.
ミルクティー
咪.魯.枯.踢.～.

咖啡
ko.o.hi.i.
コーヒー
寇.～.喝伊.～.

果汁
ju.u.su.
ジュース
啾.～.酥.

柳橙汁
o.re.n.ji.ju.u.su.
オレンジジュース
歐.累.恩.基.啾.～.酥.

濃縮咖啡
e.su.pu.re.sso.
エスプレッソ
耶.酥.撲.累.＾搜.

卡布奇諾
ka.pu.chi.i.no.
カプチーノ
卡.撲.七.～.諾.

可樂
ko.o.ra.
コーラ
寇.～.拉.

冰咖啡
a.i.su.ko.o.hi.i.
アイスコーヒー
阿.伊.酥.寇.～.喝伊.～.

冰紅茶
a.i.su.ti.i.
アイスティー
阿.伊.酥.踢.～.

可可亞
ko.ko.a.
ココア
寇.寇.阿.

水
mi.zu.
水
咪.茲.

• 例句 •

乾杯！

ka.n.pa.i.

かんぱい
乾杯。

卡.恩.趴.伊.

祝我們大家身體健康！

wa.ta.shi.ta.chi.no.ke.n.ko.o.o.i.no.tte.

わたし　　　　けんこう　　いの
私たちの健康を祈って。

哇.它.西.它.七.諾.克耶.恩.寇.～.歐.伊.諾.ˆ貼.

一口氣喝！喝！

i.kki.i.kki.

いっき　　いっき
一気！一気！

伊.ˆ克伊.伊.ˆ克伊.

這清酒，味道最棒了。

ko.no.o.sa.ke.a.ji.ga.sa.i.ko.o.de.su.ne.

さけ　　　あじ　　　さいこう
このお酒、味が最高ですね。

寇.諾.歐.沙.克耶.阿.基.嘎.沙.伊.寇.～.爹.酥.内.

再來一杯如何？

mo.o.i.ppa.i.do.o.de.su.ka.

いっぱい
もう1杯どうですか。

某.～.伊.ˆ趴.伊.都.～.爹.酥.卡.

再給我一瓶啤酒。

bi.i.ru.o.mo.o.i.ppo.n.ku.da.sa.i.

ビールをもう1本ください。

逼.～.魯.歐.某.～.伊.ˆ剖.恩.枯.答.沙.伊.

廁所在哪裡呢？

to.i.re.wa.do.ko.de.su.ka.

トイレはどこですか。

偷.伊.累.哇.都.寇.爹.酥.卡.

7 在路邊攤

請給我＋○○。

○ **22**

ku.da.sa.i.

○○＋ください。

枯.答.沙.伊.

關東煮	拉麵
o.de.n.	ra.a.me.n.
おでん	**ラーメン**
歐.爹.恩.	拉.～.妹.恩.

烤雞肉串	兩個
ya.ki.to.ri.	fu.ta.tsu.
焼（や）き鳥（とり）	二（ふた）つ
呀.克伊.偷.里.	夫.它.豬.

例句

歡迎光臨。

i.ra.ssha.i.ma.se.

いらっしゃいませ。

伊.拉.^蝦.伊.媽.誰.

您要點什麼呢？

na.ni.ni.shi.ma.su.ka.

何（なに）にしますか。

那.尼.尼.西.媽.酥.卡.

請給我烤雞肉串一人份。

ya.ki.to.ri.i.chi.ni.n.ma.e.ku.da.sa.i.

焼（や）き鳥（とり）1人前（いちにんまえ）ください。

呀.克伊.偷.里.～.七.尼.恩.媽.耶.枯.答.沙.伊.

有鹽味及醬料口味的。

shi.o.to.ta.re.ga.a.ri.ma.su.

塩（しお）とタレがあります。

西.歐.偷.它.累.嘎.阿.里.媽.酥.

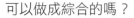

可以做成綜合的嗎？

ha.n.ha.n.ni.de.ki.ma.su.ka.

半々にできますか。
<ruby>半々<rt>はんはん</rt></ruby>

哈.恩.哈.恩.尼.爹.克伊.媽.酥.卡.

好的，那麼，這是綜合的。

ha.i.ja.ha.n.ha.n.de.

はい、じゃ、半々で。
<ruby>半々<rt>はんはん</rt></ruby>

哈.伊.甲.哈.恩.哈.恩.爹.

給我一個烤地瓜。

ya.ki.i.mo.hi.to.tsu.ku.da.sa.i.

焼き芋一つください。

呀.克伊.伊.某.喝伊.偷.豬.枯.答.沙.伊.

請給我五百公克的糖炒栗子。

a.ma.gu.ri.go.hya.ku.gu.ra.mu.ku.da.sa.i.

甘栗 500 グラムください。

阿.媽.估.里.勾.喝呀.枯.估.拉.母.枯.答.沙.伊.

合您口味嗎？

o.ku.chi.ni.a.i.ma.su.ka.

お口に合いますか。

歐.枯.七.尼.阿.伊.媽.酥.卡.

如何？好吃嗎？

do.o.o.i.shi.i.

どう？おいしい？

都.～.歐.伊.西.～.

非常好吃。

to.te.mo.o.i.shi.i.de.su.

とてもおいしいです。

偷.貼.某.～.伊.西.～.爹.酥.

可以坐這裡嗎？

ko.ko.ni.su.wa.tte.mo.i.i.de.su.ka.

ここに座（すわ）ってもいいですか。

寇.寇.尼.酥.哇.＾貼.某.伊.～.爹.酥.卡.

給我魚丸。

tsu.mi.re.o.ku.da.sa.i.

つみれをください。

豬.咪.累.歐.枯.答.沙.伊.

再給我一點湯。

su.u.pu.o.mo.o.su.ko.shi.ku.da.sa.i.

スープをもう少（すこ）しください。

酥.～.撲.歐.某.～.酥.寇.西.枯.答.沙.伊.

謝謝光臨。

a.ri.ga.to.o.go.za.i.ma.shi.ta.

ありがとうございました。

阿.里.嘎.偷.～.勾.雜.伊.媽.西.它.

8 老板算帳

麻煩（我要）＋○○。

○ **22**

o.ne.ga.i.shi.ma.su.

ねが
○○＋お願いします。

歐.內.嘎.伊.西.媽.酥.

算帳	點餐	換錢
o.ka.n.jo.o.	chu.u.mo.n.	ryo.o.ga.e.
かんじょう **お勘定**	ちゅうもん **注文**	りょうがえ **両替**
歐.卡.恩.久.～.	七烏.～.某.恩.	溜.～.嘎.耶.

確認	開水	七點
ka.ku.ni.n.	mi.zu.	shi.chi.ji.ni.
かくにん **確認**	みず **水**	しちじ **7時に**
卡.枯.尼.恩.	咪.茲.	西.七.基.尼.

• 例句 •

我吃得好飽。

o.na.ka.ga.i.ppa.i.de.su.

おなかがいっぱいです。

歐.那.卡.嘎.伊.ˆ趴.伊.爹.酥.

已經吃不下去了。

mo.o.ta.be.ra.re.ma.se.n.

もう食べられません。

某.～.它.貝.拉.累.媽.誰.恩.

我要結帳。

o.ka.n.jo.o.o.o.ne.ga.i.shi.ma.su.

お勘定をお願いします。

歐.卡.恩.久.～.歐.歐.內.嘎.伊.西.媽.酥.

今天我請客喔！

kyo.o.wa.wa.ta.shi.ga.o.go.ri.ma.su.

今日は私がおごります。

卡悠.～.哇.哇.它.西.嘎.歐.勾.里.媽.酥.

多謝款待。

go.chi.so.o.sa.ma.de.shi.ta.

ごちそうさまでした。

勾.七.搜.～.沙.媽.爹.西.它.

我們各別算。

be.tsu.be.tsu.de.o.ne.ga.i.shi.ma.su.

別々でお願いします。

貝.豬.貝.豬.爹.歐.內.嘎.伊.西.媽.酥.

共35000日圓。

sa.n.ma.n.go.se.n.e.n.de.go.za.i.ma.su.

３万５千円でございます。

沙.恩.媽.恩.勾.誰.恩.耶.恩.爹.勾.雜.伊.媽.酥.

你錢算錯了。

ke.e.sa.n.ga.ma.chi.ga.tte.i.ma.su.

計算が間違っています。

克耶.～.沙.恩.嘎.媽.七.嘎.ˆ貼.伊.媽.酥.

可以刷卡嗎？

ku.re.ji.tto.ka.a.do.wa.tsu.ka.e.ma.su.ka.

クレジットカードは使えますか。

枯.累.基.ˆ偷.卡.～.都.哇.豬.卡.耶.媽.酥.卡.

要在哪裡簽名呢？

do.ko.ni.sa.i.n.o.su.re.ba.i.i.de.su.ka.

どこにサインをすればいいですか。

都.寇.尼.沙.伊.恩.歐.酥.累.拔.伊.～.爹.酥.卡.

請給我收據。

ryo.o.shu.u.sho.o.ku.da.sa.i.

りょうしゅうしょ
領 収書をください。

溜.～.西烏.～.休.～.枯.答.沙.伊.

○○＋在哪裡呢？

○ **23**

wa.do.ko.de.su.ka.
○○＋はどこですか。
哇.都.寇.爹.酥.卡.

觀光服務台	入口
ka.n.ko.o.a.n.na.i.jo.	i.ri.gu.chi.
かんこうあんないじょ **観光案内所**	い　ぐち **入り口**
卡.恩.寇.～.阿.恩.那.伊.久.	伊.里.估.七.

出口	購票處
de.gu.chi.	chi.ke.tto.u.ri.ba.
で　ぐち **出口**	う　ば **チケット売り場**
爹.估.七.	七.克耶.^偷.烏.里.拔.

● 例句 ●

給我觀光指南冊子。

ka.n.ko.o.pa.n.fu.re.tto.o.ku.da.sa.i.

かんこう
観光パンフレットをください。

卡.恩.寇.～.趴.恩.夫.累.^偷.歐.枯.答.沙.伊.

有中文版的觀光指南冊子嗎？

chu.u.go.ku.go.no.pa.n.fu.re.tto.wa.a.ri.ma.su.ka.

ちゅうごく　ご
中国語のパンフレットはありますか。

七烏.～.勾.枯.勾.諾.趴.恩.夫.累.^偷.哇.阿.里.媽.酥.卡.

我想要報名觀光團。

tsu.a.a.ni.mo.o.shi.ko.mi.ta.i.no.de.su.ga.

ツアーに申<ruby>もう</ruby>し込<ruby>こ</ruby>みたいのですが。

豬.阿.～.尼.某.～.西.寇.咪.它.伊.諾.爹.酥.嘎.

請告訴我值得看的地方。

mi.do.ko.ro.o.o.shi.e.te.ku.da.sa.i.

見<ruby>み</ruby>どころを教<ruby>おし</ruby>えてください。

咪.都.寇.攎.歐.歐.西.耶.貼.枯.答.沙.伊.

哪裡好玩呢？

do.ko.ga.o.mo.shi.ro.i.de.su.ka.

どこがおもしろいですか。

都.寇.嘎.歐.某.西.攎.伊.爹.酥.卡.

請告訴我最有名的地方。

i.chi.ba.n.yu.u.me.e.na.to.ko.ro.o.o.shi.e.te.ku.da.sa.i.

一番有名<ruby>いちばんゆうめい</ruby>なところを教<ruby>おし</ruby>えてください。

伊.七.拔.恩.尤.～.妹.～.那.偷.寇.攎.歐.歐.西.耶.貼.枯.答.沙.伊.

我聽説有慶典。

o.ma.tsu.ri.ga.a.ru.to.ki.ki.ma.shi.ta.ga.

お祭<ruby>まつ</ruby>りがあると聞<ruby>き</ruby>きましたが。

歐.媽.豬.里.嘎.阿.魯.偷.<u>克伊</u>.<u>克伊</u>.媽.西.它.嘎.

我想遊覽古蹟。

shi.se.ki.o.ke.n.bu.tsu.shi.ta.i.de.su.

史跡を見物したいです。

西.誰.<u>克伊</u>.歐.<u>克耶</u>.恩.布.豬.西.它.伊.爹.酥.

我在找桑拿。

sa.u.na.o.sa.ga.shi.te.i.ru.no.de.su.ga.

サウナを探しているのですが。

沙.烏.那.歐.沙.嘎.西.貼.伊.魯.諾.爹.酥.嘎.

請告訴我哪裡有當地的料理餐廳。

kyo.o.do.ryo.o.ri.no.re.su.to.ra.n.o.o.shi.e.te.ku.da.sa.i.

郷土料理のレストランを教えてください。

<u>卡悠</u>.～.都.溜.～.里.諾.累.酥.偷.拉.恩.歐.歐.西.耶.貼.枯.答.沙.伊.

費用要多少？

ryo.o.ki.n.wa.i.ku.ra.de.su.ka.

料金はいくらですか。

溜.～.<u>克伊</u>.恩.哇.伊.枯.拉.爹.酥.卡.

麻煩大人兩個。

o.to.na.fu.ta.ri.o.ne.ga.i.shi.ma.su.

大人二人お願いします。

歐.偷.那.夫.它.里.歐.內.嘎.伊.西.媽.酥.

我想去＋○○。　　　　　　　　○ **23**

ma.de.i.ki.ta.i.de.su.
○○＋まで行きたいです。
媽.爹.伊.克伊.它.伊.爹.酥.

東京	北海道	長野	大阪
to.o.kyo.o.	ho.kka.i.do.o.	na.ga.no.	o.o.sa.ka.
とうきょう	ほっかいどう	なが の	おおさか
東京	**北海道**	**長野**	**大阪**
偷.～.卡悠.～.	后.ˆ卡.伊.都.～.	那.嘎.諾.	歐.～.沙.卡.

奈良	京都	廣島	沖縄
na.ra.	kyo.o.to.	hi.ro.shi.ma.	o.ki.na.wa.
なら	きょうと	ひろしま	おきなわ
奈良	**京都**	**広島**	**沖縄**
那.拉.	卡悠.～.偷.	喝伊.摟.西.媽.	歐.克伊.那.哇.

• **例句** •

有什麼樣的觀光行程呢？

do.n.na.tsu.a.a.ga.a.ri.ma.su.ka.

どんなツアーがありますか。

都.恩.那.豬.阿.～.嘎.阿.里.媽.酥.卡.

觀光費用有含午餐嗎？

o.hi.ru.wa.ka.n.ko.o.ryo.o.ki.n.ni.fu.ku.ma.re.te.i.ma.su.ka.

ひる　　　かんこうりょうきん　ふく
お昼は、観光料金に含まれていますか。

歐.喝伊.魯.哇.卡.恩.寇.～.溜.～.克伊.恩.尼.夫.枯.媽.累.貼.伊.媽.酥.卡.

巴士可以到嗎？

ba.su.de.i.ke.ma.su.ka.

バスで行けますか。

拔.酥.爹.伊.克耶.媽.酥.卡.

觀光行程有含民俗博物館嗎？

tsu.a.a.ko.o.su.ni.mi.n.zo.ku.ha.ku.bu.tsu.ka.n.wa.fu.ku.ma.re.ma.su.ka.

ツアーコースに民俗博物館は含まれますか。

豬.阿.～.寇.～.酥.尼.咪.恩.宙.枯.哈.枯.布.豬.卡.恩.哇.夫.枯.媽.累.媽.酥.卡.

有含餐點嗎？

sho.ku.ji.wa.fu.ku.ma.re.ma.su.ka.

食事は含まれますか。

休.枯.基.哇.夫.枯.媽.累.媽.酥.卡.

幾點出發？

shu.ppa.tsu.wa.na.n.ji.de.su.ka.

出発は何時ですか。

西烏.＾趴.豬.哇.那.恩.基.爹.酥.卡.

有多少自由行動時間？

ji.yu.u.ji.ka.n.wa.do.re.ku.ra.i.a.ri.ma.su.ka.

自由時間はどれくらいありますか。

基.尤.～.基.卡.恩.哇.都.累.枯.拉.伊.阿.里.媽.酥.卡.

幾點回來？

na.n.ji.ni.mo.do.ri.ma.su.ka.

何時に戻りますか。

那．恩．基．尼．某．都．里．媽．酥．卡．

我想請導遊。

ga.i.do.o.o.ne.ga.i.shi.ta.i.no.de.su.ga.

ガイドをお願いしたいのですが。

嘎．伊．都．歐．歐．內．嘎．伊．西．它．伊．諾．爹．酥．嘎．

3 玩到不想回家

很＋○○的＋○○＋耶。　　　　　　　　○**24**

de.su.ne.

○○＋ですね。
爹．酥．內．

漂亮的畫	漂亮的和服
su.te.ki.na.e.	ki.re.e.na.ki.mo.no.
素敵な絵	**きれいな着物**
酥．貼．<u>克伊</u>．那．耶．	<u>克伊</u>．累．～．那．<u>克伊</u>．某．諾．

優秀的作品
su.ba.ra.shi.i.sa.ku.hi.n.

すばらしい作品
さくひん

酥.拔.拉.西.～.沙.枯.喝伊.恩.

宏偉的建築物
su.go.i.ta.te.mo.no.

すごい建物
たてもの

酥.勾.伊.它.貼.某.諾.

出色的雕刻
ri.ppa.na.cho.o.ko.ku.

立派な彫刻
りっぱ　ちょうこく

里.ˆ趴.那.秋.～.寇.枯.

美麗的陶瓷器
u.tsu.ku.shi.i.ya.ki.mo.no.

美しい焼き物
うつく　　や　もの

烏.豬.枯.西.～.呀.克伊.某.諾.

例句

那是什麼建築物？

a.no.ta.te.mo.no.wa.na.n.de.su.ka.

あの建物は何ですか。
たてもの　　なん

阿.諾.它.貼.某.諾.哇.那.恩.爹.酥.卡.

有多古老？

do.no.ku.ra.i.fu.ru.i.de.su.ka.

どのくらい古いですか。
ふる

都.諾.枯.拉.伊.夫.魯.伊.爹.酥.卡.

景色真美！

su.ba.ra.shi.i.ke.shi.ki.de.su.ne.

素晴しい景色ですね。
す　ばら　　け　しき

酥.拔.拉.西.～.克耶.西.克伊.爹.酥.内.

那個服裝是新娘的日本傳統結婚禮服。

a.no.fu.ku.wa.u.chi.ka.ke.de.su.

あの服は打掛けです。

阿．諾．夫．枯．哇．烏．七．卡．<u>克耶</u>．爹．酥．

我也很想穿穿看。

wa.ta.shi.mo.ki.te.mi.ta.i.de.su.

私も着てみたいです。

哇．它．西．某．<u>克伊</u>．貼．咪．它．伊．爹．酥．

---

4 一定要拍照留念

可以＋○○＋嗎？

○24

i.i.de.su.ka.

○○＋いいですか。

伊．～．爹．酥．卡．

抽煙	拍照
ta.ba.ko.o.su.tte.mo.	sha.shi.n.o.to.tte.mo.
タバコを吸っても	**写真を撮っても**
它．拔．寇．～．酥．＾貼．某．	蝦．西．恩．歐．偷．＾貼．某．

拿這個	坐這裡
ko.re.mo.ra.tte.mo.	ko.ko.ni.su.wa.tte.mo.
これ、もらっても	ここに座っても
寇.累.某.拉.＾貼.某.	寇.寇.尼.酥.哇.＾貼.某.

例句

這裡可以拍照嗎？

ko.ko.wa.sha.shi.n.o.to.tte.mo.i.i.de.su.ka.

ここは写真を撮ってもいいですか。

寇.寇.哇.蝦.西.恩.歐.偷.＾貼.某.伊.～.爹.酥.卡.

可否請您幫我拍照？

sha.shi.n.o.to.tte.i.ta.da.ke.ma.su.ka.

写真を撮っていただけますか。

蝦.西.恩.歐.偷.＾貼.伊.它.答.克耶.媽.酥.卡.

我們一起拍照吧。

i.ssho.ni.to.ri.ma.sho.o.

一緒に撮りましょう。

伊.＾休.尼.偷.里.媽.休.～.

按這裡就可以了。

ko.ko.o.o.su.da.ke.de.su.

ここを押すだけです。

寇.寇.～.歐.酥.答.克耶.爹.酥.

麻煩再拍一張。

mo.o.i.chi.ma.i.o.ne.ga.i.shi.ma.su.

もう１枚お願いします。

<ruby>一枚<rt>いちまい</rt></ruby> <ruby>願<rt>ねが</rt></ruby>

某.～.伊.七.媽.伊.歐.內.嘎.伊.西.媽.酥.

嗨！起士！

ha.i.chi.i.zu.

ハイ、チーズ。

哈.伊.七.～.茲.

請不要動喔！

u.go.ka.na.i.de.ku.da.sa.i.

動かないでください。

<ruby>動<rt>うご</rt></ruby>

烏.勾.卡.那.伊.爹.枯.答.沙.伊.

好了以後再寄照片給您。

a.to.de.sha.shi.n.o.o.ku.ri.ma.su.

後で写真を送ります。

<ruby>後<rt>あと</rt></ruby> <ruby>写真<rt>しゃしん</rt></ruby> <ruby>送<rt>おく</rt></ruby>

阿.偷.爹.蝦.西.恩.歐.歐.枯.里.媽.酥.

我想看＋○○。

 **24**

ga.mi.ta.i.de.su.
○○＋が見たいです。
嘎.咪.它.伊.爹.酥.

電影	演唱會	歌劇
e.e.ga.	ko.n.sa.a.to.	o.pe.ra.
映画	**コンサート**	**オペラ**
耶.～.嘎.	寇.恩.沙.～.偷.	歐.佩.拉.

● 例句 ●

我想去美術館。

bi.ju.tsu.ka.n.ni.i.ki.ta.i.de.su.
美術館に行きたいです。
逼.啾.豬.卡.恩.尼.～.克伊.它.伊.爹.酥.

入場費要多少錢？

nyu.u.jo.o.ryo.o.wa.i.ku.ra.de.su.ka.
入場料はいくらですか。
牛.～.久.～.溜.～.哇.伊.枯.拉.爹.酥.卡.

請給我這個宣傳冊子。

ko.no.pa.n.fu.re.tto.o.ku.da.sa.i.

このパンフレットをください。

寇.諾.趴.恩.夫.累.＾偷.歐.枯.答.沙.伊.

幾點開放呢？

na.n.ji.ni.ka.i.ka.n.shi.ma.su.ka.

何時に開館しますか。

那.恩.基.尼.卡.伊.卡.恩.西.媽.酥.卡.

開放到幾點呢？

na.n.ji.ma.de.a.i.te.i.ma.su.ka.

何時まで開いていますか。

那.恩.基.媽.爹.阿.伊.貼.伊.媽.酥.卡.

幾點關門？

na.n.ji.ni.he.e.ka.n.de.su.ka.

何時に閉館ですか。

那.恩.基.尼.黑.～.卡.恩.爹.酥.卡.

可以摸一下嗎？

sa.wa.tte.mo.i.i.de.su.ka.

触ってもいいですか。

沙.哇.＾貼.某.伊.～.爹.酥.卡.

140

有特別展嗎？

to.ku.be.tsu.te.n.wa.a.ri.ma.su.ka.

とくべつてん
特別展はありますか。

偷.枯.貝.豬.貼.恩.哇.阿.里.媽.酥.卡.

館內有導遊嗎？

ka.n.na.i.ga.i.do.wa.i.ma.su.ka.

かんない
館内ガイドはいますか。

卡.恩.那.伊.嘎.伊.都.哇.伊.媽.酥.卡.

紀念品店在哪裡呢？

ba.i.te.n.wa.do.ko.de.su.ka.

ばいてん
売店はどこですか。

拔.伊.貼.恩.哇.都.寇.爹.酥.卡.

請告訴我出口在哪裡呢？

de.gu.chi.wa.do.ko.ka.o.shi.e.te.ku.da.sa.i.

で　ぐち　　　　　　　おし
出口はどこか教えてください。

爹.估.七.哇.都.寇.卡.歐.西.耶.貼.枯.答.沙.伊.

○○＋在哪裡呢？　　　　　　　　○ **25**

wa.do.ko.de.su.ka.
○○＋はどこですか。
哇.都.寇.爹.酥.卡.

這個座位	廁所
ko.no.se.ki.	o.te.a.ra.i.
この席	**お手洗い**
寇.諾.誰.克伊.	歐.貼.阿.拉.伊.

賣店	入口
ba.i.te.n.	i.ri.gu.chi.
売店	**入り口**
拔.伊.貼.恩.	伊.里.估.七.

•例句•

門票在哪裡買呢？

chi.ke.tto.wa.do.ko.de.ka.u.n.de.su.ka.

チケットはどこで買うんですか。
七.克耶.＾偷.哇.都.寇.爹.卡.烏.恩.爹.酥.卡.

請給我上映片單的導覽。

jo.o.e.e.a.n.na.i.o.ku.da.sa.i.

上映案内をください。
久.～.耶.～.阿.恩.那.伊.歐.枯.答.沙.伊.

哪齣是人氣電影？

ni.n.ki.no.e.e.ga.wa.na.n.de.su.ka.

にんき　えいが　なん
人気の映画は何ですか。

尼.恩.克伊.諾.耶.～.嘎.哇.那.恩.爹.酥.卡.

現在在上演什麼？

i.ma.na.ni.o.ya.tte.i.ma.su.ka.

いまなに
今何をやっていますか。

伊.媽.那.尼.歐.呀.ˆ貼.伊.媽.酥.卡.

下一場幾點上映？

tsu.gi.no.jo.o.e.e.wa.na.n.ji.de.su.ka.

つぎ　じょうえい　なんじ
次の上映は何時ですか。

豬.哥伊.諾.久.～.耶.～.哇.那.恩.基.爹.酥.卡.

上演到什麼時候？

i.tsu.ma.de.jo.o.e.n.shi.te.i.ma.su.ka.

じょうえん
いつまで上演していますか。

伊.豬.媽.爹.久.～.耶.恩.西.貼.伊.媽.酥.卡.

入場時間是幾點呢？

nyu.u.jo.o.ji.ka.n.wa.na.n.ji.de.su.ka.

にゅうじょう　じかん　なんじ
入　場時間は何時ですか。

牛.～.久.～.基.卡.恩.哇.那.恩.基.爹.酥.卡.

可以帶食物進去嗎？

ta.be.mo.no.o.mo.chi.ko.n.de.mo.i.i.de.su.ka.

食べ物を持ち込んでもいいですか。

た　もの　　も　こ

它.貝.某.諾.歐.某.七.寇.恩.爹.某.伊.～.爹.酥.卡.

7 排隊買票

給我＋○○。

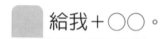

25

o.ne.ga.i.shi.ma.su.

○○＋お願いします。

ねが

歐.內.嘎.伊.西.媽.酥.

學生（票）二張

ga.ku.se.e.ni.ma.i.

学生2枚

がくせい　に　まい

嘎.枯.誰.～.尼.媽.伊.

大人（票）三張

o.to.na.sa.n.ma.i.

大人3枚

おとなさんまい

歐.偷.那.沙.恩.媽.伊.

小孩（票）兩張

ko.do.mo.ni.ma.i.

子ども2枚

こ　　　　に　まい

寇.都.某.尼.媽.伊.

大人（票）四張

o.to.na.yo.n.ma.i.

大人4枚

おとなよんまい

歐.偷.那.悠.恩.媽.伊.

例句

我想看傳統舞蹈。

de.n.to.o.bu.yo.o.ga.mi.ta.i.no.de.su.ga.

でんとう ぶ よう み
伝統舞踊が見たいのですが。

爹.恩.偷.～.布.悠.～.嘎.咪.它.伊.諾.爹.酥.嘎.

請給我今天三點〇〇的電影票。

kyo.o.sa.n.ji.ka.ra.no.〇〇.no.chi.ke.tto.o.i.chi.ma.i.ku.da.sa.i.

きょうさんじ いちまい
今日３時からの〇〇のチケットを１枚ください。

卡悠.～.沙.恩.基.卡.拉.諾.〇〇.諾.七.克耶.^偷.歐.伊.七.媽.伊.枯.答.沙.伊.

給我大人兩張，小孩一張。

o.to.na.ni.ma.i.ko.do.mo.i.chi.ma.i.ku.da.sa.i.

おとな にまい こ いちまい
大人２枚、子ども１枚ください。

歐.偷.那.尼.媽.伊.寇.都.某.伊.七.媽.伊.枯.答.沙.伊.

給我Ｇ列。

ji.i.re.tsu.ni.shi.te.ku.da.sa.i.

ジーれつ
Ｇ列にしてください。

基.～.累.豬.尼.西.貼.枯.答.沙.伊.

我要前面中間的位置。

ma.e.no.ho.o.no.chu.u.o.o.de.o.ne.ga.i.shi.ma.su.

まえ ほう ちゅうおう ねが
前の方の中央でお願いします。

媽.耶.諾.后.～.諾.七烏.～.歐.～.爹.歐.內.嘎.伊.西.媽.酥.

四 出發囉！到觀光景點玩

我要前面的座位。

ma.e.(no.se.ki.).ga.i.i.de.su.

前（の席）がいいです。

媽.耶.(諾.誰.<u>克伊</u>.).嘎.伊.～.爹.酥.

我要一樓的座位。

i.kka.i.se.ki.ga.i.i.de.su.

１階席がいいです。

伊.＾卡.伊.誰.<u>克伊</u>.嘎.伊.～.爹.酥.

有當日券嗎？

to.o.ji.tsu.ke.n.wa.a.ri.ma.su.ka.

当日券はありますか。

偷.～.基.豬.<u>克耶</u>.恩.哇.阿.里.媽.酥.卡.

賣完了。

u.ri.ki.re.de.su.

売り切れです。

烏.里.<u>克伊</u>.累.爹.酥.

學生有打折嗎？

ga.ku.se.e.wa.ri.bi.ki.wa.a.ri.ma.su.ka.

学生割引はありますか。

嘎.枯.誰.～.哇.里.逼.<u>克伊</u>.哇.阿.里.媽.酥.卡.

這個座位有人坐嗎？

ko.no.se.ki.wa.da.re.ka.i.ma.su.ka.

この席<ruby>席<rt>せき</rt></ruby>は誰<ruby>誰<rt>だれ</rt></ruby>かいますか。

この<ruby>席<rt>せき</rt></ruby>は<ruby>誰<rt>だれ</rt></ruby>かいますか。

寇.諾.誰.<u>克伊</u>.哇.答.累.卡.伊.媽.酥.卡.

我的座位在哪裡呢？

wa.ta.shi.no.se.ki.wa.do.ko.de.su.ka.

<ruby>私<rt>わたし</rt></ruby>の<ruby>席<rt>せき</rt></ruby>はどこですか。

哇.它.西.諾.誰.<u>克伊</u>.哇.都.寇.爹.酥.卡.

休息時間是幾點開始呢？

kyu.u.ke.e.ji.ka.n.wa.na.n.ji.ka.ra.de.su.ka.

<ruby>休憩<rt>きゅうけい</rt></ruby><ruby>時間<rt>じかん</rt></ruby>は<ruby>何時<rt>なんじ</rt></ruby>からですか。

<u>卡烏</u>.～.<u>克耶</u>.～.基.卡.恩.哇.那.恩.基.卡.拉.爹.酥.卡.

休息時間有幾分呢？

kyu.u.ke.e.ji.ka.n.wa.na.n.pu.n.a.ri.ma.su.ka.

<ruby>休憩<rt>きゅうけい</rt></ruby><ruby>時間<rt>じかん</rt></ruby>は<ruby>何分<rt>なんぶん</rt></ruby>ありますか。

<u>卡烏</u>.～.<u>克耶</u>.～.基.卡.恩.哇.那.恩.撲.恩.阿.里.媽.酥.卡.

真是＋○○。

○**26**

de.su.
○○＋です。
爹.酥.

討人喜歡啊！ ka.wa.i.i. **かわいい** 卡.哇.伊.～.	帥氣啊！ ka.kko.i.i. **かっこいい** 卡.＾寇.伊.～.
溫柔啊！ ya.sa.shi.i. _{やさ} **優しい** 呀.沙.西.～.	偉大啊！ e.ra.i. _{えら} **偉い** 耶.拉.伊.

• 例句 •

你有男（女）朋友嗎？

ko.i.bi.to.wa.i.ma.su.ka.

こいびと
恋人はいますか。
寇.伊.逼.偷.哇.伊.媽.酥.卡.

那個人挺不錯的哦！

so.no.hi.to.na.ka.na.ka.de.su.yo.

その人、なかなかですよ。
搜.諾.喝伊.偷.那.卡.那.卡.爹.酥.悠.

笑容很棒。

e.ga.o.ga.su.te.ki.de.su.

笑顔が素敵です。

耶.嘎.歐.嘎.酥.貼.<u>克伊</u>.爹.酥.

長得跟○○很像哦！

○○.ni.ni.te.i.ma.su.ne.

○○に似ていますね。

○○.尼.尼.貼.伊.媽.酥.内.

幾歲呢？

o.i.ku.tsu.de.su.ka.

おいくつですか。

歐.伊.枯.豬.爹.酥.卡.

喜歡喝酒嗎？

o.sa.ke.wa.su.ki.de.su.ka.

お酒は好きですか。

歐.沙.<u>克耶</u>.哇.酥.<u>克伊</u>.爹.酥.卡.

假日都做些什麼呢？

kyu.u.ji.tsu.wa.na.ni.o.shi.te.i.ma.su.ka.

休日は何をしていますか。

<u>卡烏</u>.～.基.豬.哇.那.尼.歐.西.貼.伊.媽.酥.卡.

喜歡哪一類型的人呢？

do.o.i.u.ta.i.pu.ga.su.ki.de.su.ka.

どういうタイプが好^すきですか。

都.～.伊.烏.它.伊.撲.嘎.酥.克伊.爹.酥.卡.

請告訴我電話號碼。

de.n.wa.ba.n.go.o.o.o.shi.e.te.ku.da.sa.i.

電話番号^{でん わ ばんごう}を教^{おし}えてください。

爹.恩.哇.拔.恩.勾.～.歐.歐.西.耶.貼.枯.答.沙.伊.

請告訴我你的電子信箱。

me.e.ru.a.do.re.su.o.o.shi.e.te.ku.da.sa.i.

メールアドレスを教^{おし}えてください。

妹.～.魯.阿.都.累.酥.歐.歐.西.耶.貼.枯.答.沙.伊.

我送你回家吧？

i.e.ma.de.o.ku.ri.ma.sho.o.ka.

家^{いえ}まで送^{おく}りましょうか。

伊.耶.媽.爹.歐.枯.里.媽.休.～.卡.

我到你家去接你吧！

i.e.ma.de.mu.ka.e.ni.i.ki.ma.sho.o.ka.

家^{いえ}まで迎^{むか}えに行^いきましょうか。

伊.耶.媽.爹.母.卡.耶.尼.伊.克伊.媽.休.～.卡.

可以＋○○＋嗎？

○ 26

i.i.de.su.ka.

○○＋いいですか。

伊.～.爹.酥.卡.

牽你的手	親你	勾你的肩
te.o.tsu.na.i.de.mo.	ki.su.shi.te.mo.	ka.ta.o.da.i.te.mo.
手をつないでも	キスしても	肩を抱いても
貼.歐.豬.那.伊.爹.某.	克伊.酥.西.貼.某.	卡.它.歐.答.伊.貼.某.

挽你的胳膊	去	打電話
u.de.o.ku.n.de.mo.	i.tte.mo.	de.n.wa.shi.te.mo.
腕を組んでも	行っても	電話しても
烏.爹.歐.枯.恩.爹.某.	伊.ˆ貼.某.	爹.恩.哇.西.貼.某.

•例句•

我喜歡你。

su.ki.de.su.

好きです。

酥.克伊.爹.酥.

我愛你。

a.i.shi.te.i.ma.su.

愛しています。

阿.伊.西.貼.伊.媽.酥.

我愛上你了。

a.na.ta.ga.su.ki.ni.na.ri.ma.shi.ta.

あなたが好きになりました。

阿.那.它.嘎.酥.克伊.尼.那.里.媽.西.它.

我非常非常喜歡你。

to.te.mo.to.te.mo.su.ki.de.su.

とてもとても好きです。

偷.貼.某.偷.貼.某.酥.克伊.爹.酥.

我墜入愛河了。

ko.i.ni.o.chi.ma.shi.ta.

恋に落ちました。

寇.伊.尼.歐.七.媽.西.它.

我每天都想見你。

ma.i.ni.chi.a.i.ta.i.de.su.

毎日会いたいです。

媽.伊.尼.七.阿.伊.它.伊.爹.酥.

我喜歡你。請跟我交往。

su.ki.de.su.tsu.ki.a.tte.ku.da.sa.i.

好きです。付き合ってください。

酥.克伊.爹.酥.豬.克伊.阿.ˆ貼.枯.答.沙.伊.

我想當你的女朋友。

a.na.ta.no.ka.no.jo.ni.na.ri.ta.i.de.su.

あなたの彼女になりたいです。

阿.那.它.諾.卡.諾.久.尼.那.里.它.伊.爹.酥.

我只愛你一個人。

wa.ta.shi.ga.a.i.shi.te.i.ru.no.wa.a.na.ta.da.ke.de.su.

私が愛しているのはあなただけです。

哇.它.西.嘎.阿.伊.西.貼.伊.魯.諾.哇.阿.那.它.答.克耶.爹.酥.

我眼裡只有你。

wa.ta.shi.ni.wa.a.na.ta.shi.ka.mi.e.ma.se.n.

私にはあなたしか見えません。

哇.它.西.尼.哇.阿.那.它.西.卡.咪.耶.媽.誰.恩.

只要你在我身邊就好。

a.na.ta.sa.e.i.te.ku.re.re.ba.so.re.de.i.i.de.su.

あなたさえいてくれれば、それでいいです。

阿.那.它.沙.耶.伊.貼.枯.累.累.拔.搜.累.爹.伊.～.爹.酥.

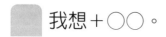

我想＋○○。 ○**27**

ta.i.de.su.

○○＋たいです。

它.伊.爹.酥.

見面	去	吃
a.i.	i.ki.	ta.be.
あ 会い	い 行き	た 食べ
阿.伊.	伊.<u>克伊</u>.	它.貝.

買	玩	休息
ka.i.	a.so.bi.	ya.su.mi.
か 買い	あそ 遊び	やす 休み
卡.伊.	阿.搜.逼.	呀.酥.咪.

•例句•

週末有什麼計劃呢？

shu.u.ma.tsu.wa.na.ni.ka.yo.te.e.ga.a.ri.ma.su.ka.

しゅうまつ なに よてい
週末は何か予定がありますか。

<u>西烏</u>.～.媽.豬.哇.那.尼.卡.悠.貼.～.嘎.阿.里.媽.酥.卡.

要不要去看電影呢？

e.e.ga.o.mi.ni.i.ki.ma.se.n.ka.

えい が み い
映画を見に行きませんか。

耶.～.嘎.歐.咪.尼.～.<u>克伊</u>.媽.誰.恩.卡.

我想看〇〇（片名）。

〇〇.ga.mi.ta.i.de.su.

〇〇が見たいです。

〇〇.嘎.咪.它.伊.爹.酥.

你喜歡看什麼樣的電影？

do.n.na.e.e.ga.ga.su.ki.de.su.ka.

どんな映画が好きですか。

都.恩.那.耶.～.嘎.嘎.酥.克伊.爹.酥.卡.

〇〇點在〇〇碰面吧！

〇〇.ji.ni.〇〇.de.a.i.ma.sho.o.

〇〇時に〇〇で会いましょう。

〇〇.基.尼.〇〇.爹.阿.伊.媽.休.～.

一起拍照吧！

i.ssho.ni.sha.shi.n.o.to.ri.ma.sho.o.

一緒に写真を撮りましょう。

伊.＾休.尼.蝦.西.恩.歐.偷.里.媽.休.～.

喝一杯如何呢？

o.sa.ke.de.mo.i.ppa.i.do.o.de.su.ka.

お酒でも１杯どうですか。

歐.沙.克耶.爹.某.伊.＾趴.伊.都.～.爹.酥.卡.

註：此處的「でも」是為了表示酒之外的飲品也可以。

今天真開心。

kyo.o.wa.ta.no.shi.ka.tta.de.su.

今日は楽しかったです。

卡悠.～.哇.它.諾.西.卡.＾它.爹.酥.

下次我們去○○吧！

tsu.gi.wa.○○.e.i.ki.ma.sho.o.

次は○○へ行きましょう。

豬.哥伊.哇.○○.耶.伊.克伊.媽.休.～.

很期待哦！

ta.no.shi.mi.ni.shi.te.i.ma.su.

楽しみにしています。

它.諾.西.咪.尼.西.貼.伊.媽.酥.

請擁抱我。

da.ki.shi.me.te.ku.da.sa.i.

抱きしめてください。

答.克伊.西.妹.貼.枯.答.沙.伊.

請多愛我一點。

mo.tto.a.i.shi.te.ku.da.sa.i.

もっと愛してください。

某.＾偷.阿.伊.西.貼.枯.答.沙.伊.

請吻我。

ki.su.shi.te.

キスして。

<u>克伊</u>.酥.西.貼.

我真幸福。

ho.n.to.o.ni.shi.a.wa.se.

ほんとう　しあわ
本当に幸せ。

后.恩.偷.～.尼.西.阿.哇.誰.

請跟我結婚。

ke.kko.n.shi.te.ku.da.sa.i.

けっこん
結婚してください。

<u>克耶</u>.ˆ寇.恩.西.貼.枯.答.沙.伊.

4 我們分手吧

請不要＋○○。

na.i.de.ku.da.sa.i.

○○＋ないでください。

那.伊.爹.枯.答.沙.伊.

（再跟我）聯絡	走	哭
mo.o.re.n.ra.ku.shi.te.ko.	i.ka.	na.ka.
もう連絡して来	行か	泣か
某.～.累.恩.拉.枯.西.貼.寇.	伊.卡.	那.卡.

れんらく こ ／ い ／ な

離開我	拋棄我
wa.ta.shi.o.o.i.te.i.ka.	wa.ta.shi.o.su.te.
私を置いて行か	私を捨て
哇.它.西.歐.歐.伊.貼.伊.卡.	哇.它.西.歐.酥.貼.

わたし お い ／ わたし す

• 例句 •

我已經另有喜歡的人了。

ho.ka.ni.su.ki.na.hi.to.ga.de.ki.ma.shi.ta.

ほか す ひと

他に好きな人ができました。

后.卡.尼.酥.克伊.那.喝伊.偷.嘎.爹.克伊.媽.西.它.

我已經不喜歡你了。

mo.o.su.ki.ja.na.i.n.de.su.

す

もう好きじゃないんです。

某.～.酥.克伊.甲.那.伊.恩.爹.酥.

我討厭你。

a.na.ta.no.ko.to.ki.ra.i.de.su.

きら

あなたのこと嫌いです。

阿.那.它.諾.寇.偷.克伊.拉.伊.爹.酥.

我考慮看看。

cho.tto.ka.n.ga.e.te.mi.ma.su.

ちょっと考えてみます。

秋.^偷.卡.恩.嘎.耶.貼.咪.媽.酥.

只想跟你當朋友。

to.mo.da.chi.de.i.ta.i.de.su.

友達でいたいです。

偷.某.答.七.爹.伊.它.伊.爹.酥.

只想把你當作好哥哥。

i.i.o.ni.i.sa.n.da.to.o.mo.tte.i.ma.shi.ta.

いいお兄さんだと思っていました。

伊.～.歐.尼.～.沙.恩.答.偷.歐.某.^貼.伊.媽.西.它.

我們好像沒有這個緣分。

e.n.ga.na.ka.tta.mi.ta.i.de.su.

縁がなかったみたいです。

耶.恩.嘎.那.卡.^它.咪.它.伊.爹.酥.

我們分手吧！

wa.ka.re.ma.sho.o.

別れましょう。

哇.卡.累.媽.休.～.

我們倆就此結束吧！

mo.o.o.wa.ri.ni.shi.ma.sho.o.

もう終わりにしましょう。

某.～.歐.哇.里.尼.西.媽.休.～.

沒有你我該怎麼辦？

a.na.ta.na.shi.de.wa.ta.shi.wa.do.o.su.re.ba.i.i.no.de.su.ka.

あなたなしで、私はどうすればいいのですか。

阿.那.它.那.西.爹.哇.它.西.哇.都.～.酥.累.拔.伊.～.諾.爹.酥.卡.

你要負責。

se.ki.ni.n.to.tte.

責任とって。

誰.克伊.尼.恩.偷.＾貼.

把我的人生還給我。

wa.ta.shi.no.ji.n.se.e.ka.e.shi.te.

私の人生返して。

哇.它.西.諾.基.恩.誰.～.卡.耶.西.貼.

我被甩了。

fu.ra.re.ma.shi.ta.

振られました。

夫.拉.累.媽.西.它.

160

（我）喜歡＋○○。

 ○ **28**

ga.su.ki.de.su.
○○＋が好きです。
嘎.酥.克伊.爹.酥.

半澤直樹

ha.n.za.wa.na.o.ki.

半沢直樹
はんざわなお き

哈.恩.雜.哇.那.歐.克伊.

ＡＫＢ48

e.e.ke.e.bi.i.fo.o.ti.i.e.e.to.

エーケービー フォーティー エイト
ＡＫＢ　４　　８

耶.～.克耶.～.逼.～.佛.～.踢.～.耶.～.偷.

福山雅治

fu.ku.ya.ma.ma.sa.ha.ru.

福山雅治
ふくやままさはる

夫.枯.呀.媽.媽.沙.哈.魯.

初音未來

ha.tsu.ne.mi.ku.

初音ミク
はつ ね

哈.豬.內.咪.枯.

日本料理

wa.sho.ku.

和食
わ しょく

哇.休.枯.

日本流行音樂

je.e.po.ppu.

ジェー　ポップ
Ｊ－ＰＯＰ

接.～.剖.＾撲.

• 例句 •

我喜歡看『半澤直樹』。

wa.ta.shi.wa.ha.n.za.wa.na.o.ki.ga.su.ki.de.su.

私は『半沢直樹』が好きです。
わたし　　はんざわなお き　　　す

哇.它.西.哇.哈.恩.雜.哇.那.歐.克伊.嘎.酥.克伊.爹.酥.

我是福山雅治的粉絲。

wa.ta.shi.wa.fu.ku.ya.ma.ma.sa.ha.ru.no.fa.n.de.su.

私は福山雅治のファンです。

哇.它.西.哇.夫.枯.呀.媽.媽.沙.哈.魯.諾.發.恩.爹.酥.

我喜歡日本料理。

wa.ta.shi.wa.wa.sho.ku.ga.su.ki.de.su.

私は和食が好きです。

哇.它.西.哇.哇.休.枯.嘎.酥.克伊.爹.酥.

覺得日本如何？

ni.ho.n.wa.do.o.de.su.ka.

日本はどうですか。

尼.后.恩.哇.都.～.爹.酥.卡.

在日本很快樂。

ni.ho.n.wa.ta.no.shi.i.de.su.

日本は楽しいです。

尼.后.恩.哇.它.諾.西.～.爹.酥.

日本人很親切。

ni.ho.n.ji.n.wa.ya.sa.shi.i.de.su.

日本人は優しいです。

尼.后.恩.基.恩.哇.呀.沙.西.～.爹.酥.

日本很好。

ni.ho.n.wa.to.te.mo.yo.i.de.su.

日本はとても良いです。

尼.后.恩.哇.偷.貼.某.悠.伊.爹.酥.

日本最棒了。

ni.ho.n.wa.sa.i.ko.o.de.su.

日本は最高です。

尼.后.恩.哇.沙.伊.寇.～.爹.酥.

6 要多聯絡哦

請告訴我＋○○。 **28**

o.o.shi.e.te.ku.da.sa.i.

○○＋を教えてください。

歐.歐.西.耶.貼.枯.答.沙.伊.

電話號碼	住址
de.n.wa.ba.n.go.o.	ju.u.sho.
電話番号	住所
爹.恩.哇.拔.恩.勾.～.	啾.～.休.

姓名 na.ma.e. 名前 な まえ 那.媽.耶.	生日 ta.n.jo.o.bi. 誕 生 日 たんじょう び 它.恩.久.～.逼.
年齢 to.shi. 年 とし 偷.西.	房間號碼 he.ya.ba.n.go.o. 部屋番号 へ や ばんごう 黑.呀.拔.恩.勾.～.

• 例句 •

請告訴我你的電子信箱。

me.e.ru.a.do.re.su.o.o.shi.e.te.ku.da.sa.i.

メールアドレスを教えてください。
<small>おし</small>

妹.～.魯.阿.都.累.酥.歐.歐.西.耶.貼.枯.答.沙.伊.

我會傳電子郵件給你。

me.e.ru.o.o.ku.ri.ma.su.

メールを送ります。
<small>おく</small>

妹.～.魯.歐.歐.枯.里.媽.酥.

請傳電子郵件給我。

me.e.ru.ku.da.sa.i.

メールください。

妹.～.魯.枯.答.沙.伊.

我會寫信給你的！

te.ga.mi.ka.ki.ma.su.ne.

手紙書きますね。

貼.嘎.咪.卡.克伊.媽.酥.内.

請務必到台灣來。

ki.tto.ta.i.wa.n.ni.ki.te.ku.da.sa.i.

きっと台湾に来てください。

克伊.＾偷.它.伊.哇.恩.尼.克伊.貼.枯.答.沙.伊.

我們在台灣見面吧。

ta.i.wa.n.de.a.i.ma.sho.o.

台湾で会いましょう。

它.伊.哇.恩.爹.阿.伊.媽.休.～.

我會再來。

ma.ta.ki.ma.su.

また来ます。

媽.它.克伊.媽.酥.

再會啦！

ma.ta.a.i.ma.sho.o.

また会いましょう。

媽.它.阿.伊.媽.休.～.

○○＋很＋○○。　　　　　　　○ **29**

de.su.
○○＋です。
爹．酥．

演技（很）出色
e.n.gi.ga.jo.o.zu.
えん ぎ　　　 じょう ず
演技が上手
耶．恩．哥伊．嘎．久．～．茲．

笑容（很）迷人
e.ga.o.ga.su.te.ki.
え がお　　　 す てき
笑顔が素敵
耶．嘎．歐．嘎．酥．貼．克伊．

跳舞（很）酷
da.n.su.ga.ka.kko.i.i.
ダンスがかっこいい
答．恩．酥．嘎．卡．ˆ寇．伊．～．

皮膚（很）漂亮
ha.da.ga.ki.re.e.
はだ
肌がきれい
哈．答．嘎．克伊．累．～．

● 例句 ●

辛苦了。
o.tsu.ka.re.sa.ma.
つか
お疲れさま。
歐．豬．卡．累．沙．媽．

我是你的粉絲。
fa.n.de.su.
ファンです。
發．恩．爹．酥．

好想見你。

a.i.ta.ka.tta.de.su.

会いたかったです。

阿.伊.它.卡.ˆ它.爹.酥.

我想念你。

ko.i.shi.ka.tta.de.su.

恋しかったです。

寇.伊.西.卡.ˆ它.爹.酥.

我愛你。

a.i.shi.te.i.ma.su.

愛しています。

阿.伊.西.貼.伊.媽.酥.

我超喜歡你的。

da.i.su.ki.de.su.

大好きです。

答.伊.酥.<u>克伊</u>.爹.酥.

本人比較漂亮喔！

ji.tsu.bu.tsu.no.ho.o.ga.su.te.ki.de.su.ne.

実物の方が素敵ですね。

基.豬.布.豬.諾.后.～.嘎.酥.貼.<u>克伊</u>.爹.酥.内.

我一直都有在看你喔！

i.tsu.mo.mi.te.i.ma.su.

いつも見ています。

伊．豬．某．咪．貼．伊．媽．酥．

我很喜歡你的歌。

a.na.ta.no.u.ta.ga.to.te.mo.su.ki.de.su.

あなたの歌がとても好きです。

阿．那．它．諾．烏．它．嘎．偷．貼．某．酥．克伊．爹．酥．

打起精神來哦！

ge.n.ki.o.da.shi.te.ku.da.sa.i.

元気を出してください。

給．恩．克伊．歐．答．西．貼．枯．答．沙．伊．

---

2 瘋狂呼喊

哇！

kya.a.

キャー！

克呀．～．

好可愛！
ka.wa.i.i.

かわいい！
卡.哇.伊.～.

好酷哦！
ka.kko.i.i.

カッコいい！
卡.＾寇.伊.～.

太漂亮啦！
ki.re.e.

きれい！
克伊.累.～.

好棒喔！
i.i.ne.

いいね！
伊.～.内.

我愛你！
a.i.shi.te.ru.

<ruby>愛<rt>あい</rt></ruby>してる！
阿.伊.西.貼.魯.

超喜歡你！

da.i.su.ki.

大好<ruby>だい<rt>だい</rt></ruby>き！

答.伊.酥.克伊.

到這邊！

ko.cchi.ni.ki.te.

こっちに来<ruby>き<rt>き</rt></ruby>て！

寇. ^七.尼.克伊.貼.

再多説一點話！

mo.tto.ha.na.shi.te.

もっと話<ruby>はな<rt>はな</rt></ruby>して！

某. ^偷.哈.那.西.貼.

別走！

i.ka.na.i.de.

行<ruby>い<rt>い</rt></ruby>かないで！

伊.卡.那.伊.爹.

棒極啦！

sa.i.ko.o.

最高<ruby>さいこう<rt>さいこう</rt></ruby>！

沙.伊.寇.～.

再來一次！再來一次！

a.n.ko.o.ru.a.n.ko.o.ru.

アンコール！アンコール！

阿.恩.寇.～.魯.阿.恩.寇.～.魯.

不要哭！不要哭！

na.ka.na.i.de.na.ka.na.i.de.

泣<ruby>な</ruby>かないで！泣<ruby>な</ruby>かないで！

那.卡.那.伊.爹.那.卡.那.伊.爹.

3 握手簽名

 請（跟我、幫我）＋○○。　　　　○ **29**

ku.da.sa.i.

○○＋ください。

枯.答.沙.伊.

握手	簽名
a.ku.shu.shi.te.	sa.i.n.shi.te.
握手<ruby>あくしゅ</ruby>して	サインして
阿.枯.<u>西烏</u>.西.貼.	沙.伊.恩.西.貼.

171

也寫上名字

wa.ta.shi.no.na.ma.e.mo.ka.i.te.

私_{わたし}の名前_{なまえ}も書_かいて

哇．它．西．諾．那．媽．耶．某．卡．伊．貼．

寫一句話

hi.to.ko.to.ka.i.te.

一言_{ひとこと}書_かいて

喝伊．偷．寇．偷．卡．伊．貼．

聯絡

re.n.ra.ku.shi.te.

聯絡_{れんらく}して

累．恩．拉．枯．西．貼．

● 例句 ●

我想跟你一起拍照。

i.ssho.ni.sha.shi.no.to.ri.ta.i.de.su.

一緒_{いっしょ}に写真_{しゃしん}を撮_とりたいです。

伊．＾休．尼．蝦．西．恩．歐．偷．里．它．伊．爹．酥．

請收下這個。

ko.re.u.ke.to.tte.ku.da.sa.i.

これ、受_うけ取_とってください。

寇．累．烏．克耶．偷．＾貼．枯．答．沙．伊．

這是禮物。

pu.re.ze.n.to.de.su.

プレゼントです。

撲．累．瑞賊．恩．偷．爹．酥．

請保重身體。

ka.ra.da.ni.ki.o.tsu.ke.te.ku.da.sa.i.

体<ruby>からだ</ruby>に気<ruby>き</ruby>をつけてください。

卡.拉.答.尼.克伊.歐.豬.克耶.貼.枯.答.沙.伊.

請多保重。

o.ge.n.ki.de.

お元気<ruby>げんき</ruby>で。

歐.給.恩.克伊.爹.

身體永遠健康。

i.tsu.ma.de.mo.ge.n.ki.de.i.te.ku.da.sa.i.

いつまでも元気<ruby>げんき</ruby>でいてください。

伊.豬.媽.爹.某.給.恩.克伊.爹.伊.貼.枯.答.沙.伊.

別太勉強自己哦。

mu.ri.wa.shi.na.i.de.ku.da.sa.i.

無理<ruby>むり</ruby>はしないでください。

母.里.哇.西.那.伊.爹.枯.答.沙.伊.

再接再厲，加油哦！

ko.re.ka.ra.mo.ga.n.ba.tte.ku.da.sa.i.

これからも頑張<ruby>がんば</ruby>ってください。

寇.累.卡.拉.某.嘎.恩.拔.ˆ貼.枯.答.沙.伊.

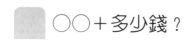

○○＋多少錢？ ○ **29**

i.ku.ra.de.su.ka.

○○＋いくらですか。

伊.枯.拉.爹.酥.卡.

每一個人

hi.to.ri.a.ta.ri.

ひとり あ
一人当たり

喝伊.偷.里.阿.它.里.

兩人

fu.ta.ri.de.

ふ た り
二人で

夫.它.里.爹.

每一個小時

i.chi.ji.ka.n.a.ta.ri.

いち じ かん あ
1時間当たり

伊.七.基.卡.恩.阿.它.里.

全部加起來

ze.n.bu.a.wa.se.te.

ぜん ぶ あ
全部合わせて

瑞賊.恩.布.阿.哇.誰.貼.

一半的話

ha.n.bu.n.na.ra.

はんぶん
半分なら

哈.恩.布.恩.那.拉.

•例句•

我們來去唱卡拉OK吧！

ka.ra.o.ke.ni.i.ki.ma.sho.o.

い
カラオケに行きましょう。

卡.拉.歐.克耶.尼.～.克伊.媽.休.～.

基本費要多少？

ki.ho.n.ryo.o.ki.n.wa.i.ku.ra.de.su.ka.

き ほんりょうきん
基本 料 金はいくらですか。

克伊.后.恩.溜.～.克伊.恩.哇.伊.枯.拉.爹.酥.卡.

要怎麼使用遙控器？

ri.mo.ko.n.wa.do.o.ya.tte.tsu.ka.e.ba.i.i.no.de.su.ka.

リモコンはどうやって使えばいいのですか。

里.某.寇.恩.哇.都.～.呀.ˆ貼.豬.卡.耶.拔.伊.～.諾.爹.酥.卡.

有中文歌嗎？

chu.u.go.ku.go.no.u.ta.mo.a.ri.ma.su.ka.

中国語の歌もありますか。

七烏.～.勾.枯.勾.諾.烏.它.某.阿.里.媽.酥.卡.

我要點飲料。

do.ri.n.ku.no.chu.u.mo.n.o.o.ne.ga.i.shi.ma.su.

ドリンクの注文をお願いします。

都.里.恩.枯.諾.七烏.～.某.恩.歐.歐.內.嘎.伊.西.媽.酥.

接下來誰唱？

tsu.gi.wa.da.re.de.su.ka.

次は誰ですか。

豬.哥伊.哇.答.累.爹.酥.卡.

唱得真好。

jo.o.zu.de.su.ne.

上手ですね。

久.～.茲.爹.酥.內.

一起唱吧！

i.ssho.ni.u.ta.i.ma.sho.o.

一緒に歌いましょう。
いっしょ　　うた

伊.＾休.尼.烏.它.伊.媽.休.～.

可以延長嗎？

e.n.cho.o.de.ki.ma.su.ka.

延長できますか。
えんちょう

耶.恩.秋.～.爹.克伊.媽.酥.卡.

麻煩（我要）＋○○。

o.ne.ga.i.shi.ma.su.

○○＋をお願^{ねが}いします。

歐.內.嘎.伊.西.媽.酥.

基本護膚

ki.ho.n.su.ki.n.ke.a.

基本^{きほん}スキンケア

克伊.后.恩.酥.克伊.恩.克耶.阿.

拔罐

ka.ppi.n.gu.

カッピング

卡.ˇ披.恩.估.

海藻敷臉

ka.i.so.o.pa.kku.

海藻^{かいそう}パック

卡.伊.搜.～.趴.ˇ枯.

去（腋、腿）毛

da.tsu.mo.o.

脱毛^{だつもう}

答.豬.某.～.

全身按摩

ze.n.shi.n.ma.ssa.a.ji.

全身^{ぜんしん}マッサージ

瑞賊.恩.西.恩.媽.ˇ沙.～.基.

臉部按摩

ka.o.ma.ssa.a.ji.

顔^{かお}マッサージ

卡.歐.媽.ˇ沙.～.基.

腳底按摩

a.shi.u.ra.ma.ssa.a.ji.

足裏^{あしうら}マッサージ

阿.西.烏.拉.媽.ˇ沙.～.基.

• 例句 •

給我看一下價目表。

ne.da.n.hyo.o.o.mi.se.te.ku.da.sa.i.

<ruby>値<rt>ね</rt></ruby><ruby>段<rt>だん</rt></ruby><ruby>表<rt>ひょう</rt></ruby>を<ruby>見<rt>み</rt></ruby>せてください。

内.答.恩.<u>喝悠</u>.～.歐.咪.誰.貼.枯.答.沙.伊.

麻煩我要做預約的基本護膚。

yo.ya.ku.shi.ta.ki.ho.n.su.ki.n.ke.a.o.o.ne.ga.i.shi.ma.su.

<ruby>予<rt>よ</rt></ruby><ruby>約<rt>やく</rt></ruby>した<ruby>基<rt>き</rt></ruby><ruby>本<rt>ほん</rt></ruby>スキンケアを<ruby>お願<rt>ねが</rt></ruby>いします。

悠.呀.枯.西.它.<u>克伊</u>.后.恩.酥.<u>克伊</u>.恩.<u>克耶</u>.阿.歐.歐.内.嘎.伊.西.媽.酥.

我沒有預約，可以嗎？

yo.ya.ku.shi.te.na.i.n.de.su.ga.da.i.jo.o.bu.de.su.ka.

<ruby>予<rt>よ</rt></ruby><ruby>約<rt>やく</rt></ruby>してないんですが、<ruby>大丈夫<rt>だいじょうぶ</rt></ruby>ですか。

悠.呀.枯.西.貼.那.伊.恩.爹.酥.嘎.答.伊.久.～.布.爹.酥.卡.

要等很久嗎？

ke.kko.o.ma.chi.ma.su.ka.

<ruby>結構待<rt>けっこうま</rt></ruby>ちますか。

<u>克耶</u>.ˆ寇.～.媽.七.媽.酥.卡.

30分鐘的話我等。

sa.n.ju.ppu.n.na.ra.ma.chi.ma.su.

<ruby>３０分<rt>さんじゅっぷん</rt></ruby>なら<ruby>待<rt>ま</rt></ruby>ちます。

沙.恩.啾.ˆ撲.恩.那.拉.媽.七.媽.酥.

178

全身按摩要多少錢？

ze.n.shi.n.ma.ssa.a.ji.wa.i.ku.ra.de.su.ka.

<ruby>全身<rt>ぜんしん</rt></ruby>マッサージはいくらですか。

瑞賊.恩.西.恩.媽.＾沙.～.基.哇.伊.枯.拉.爹.酥.卡.

置物櫃在哪裡？

ro.kka.a.wa.do.ko.de.su.ka.

ロッカーはどこですか。

摟.＾卡.～.哇.都.寇.爹.酥.卡.

2 皮膚比較敏感

有＋○○。 ○ **30**

ga.a.ri.ma.su.

○○＋があります。

嘎.阿.里.媽.酥.

過敏	腰痛
a.re.ru.gi.i.	yo.o.tsu.u.
アレルギー	<ruby>腰痛<rt>ようつう</rt></ruby>
阿.累.魯.哥伊.～.	悠.～.豬.烏.

肩膀酸痛
ka.ta.ko.ri.

かた
肩こり

卡.它.寇.里.

老毛病、長期的病狀
ji.byo.o.

じ びょう
持病

基.比悠.～.

• 例句 •

我皮膚比較敏感。

bi.n.ka.n.ha.da.na.n.de.su.

びんかんはだ
敏感肌なんです。

逼.恩.卡.恩.哈.答.那.恩.爹.酥.

好像腫起來了。

ha.re.te.ki.ta.mi.ta.i.de.su.

は
腫れてきたみたいです。

哈.累.貼.克伊.它.咪.它.伊.爹.酥.

紅腫起來了。

a.ka.ku.na.ri.ma.shi.ta.

あか
赤くなりました。

阿.卡.枯.那.里.媽.西.它.

皮膚會刺痛。

ha.da.ga.pi.ri.pi.ri.shi.ma.su.

はだ
肌がぴりぴりします。

哈.答.嘎.披.里.披.里.西.媽.酥.

沒問題。

da.i.jo.o.bu.de.su.

<ruby>大<rt>だい</rt>丈<rt>じょう</rt>夫<rt>ぶ</rt></ruby>です。

答.伊.久.～.布.爹.酥.

太舒服啦

太＋○○＋啦。 ○ **30**

su.gi.ma.su.

○○＋すぎます。

酥.哥伊.媽.酥.

燙	熱
a.tsu.	a.tsu.
<ruby>熱<rt>あつ</rt></ruby>	<ruby>暑<rt>あつ</rt></ruby>
阿.豬.	阿.豬.

痛	貴
i.ta.	ta.ka.
<ruby>痛<rt>いた</rt></ruby>	<ruby>高<rt>たか</rt></ruby>
伊.它.	它.卡.

● 例句 ●

請躺下來。

yo.ko.ni.na.tte.ku.da.sa.i.

横になってください。

悠.寇.尼.那.＾貼.枯.答.沙.伊.

請用趴的。

u.tsu.bu.se.ni.na.tte.ku.da.sa.i.

うつ伏せになってください。

烏.豬.布.誰.尼.那.＾貼.枯.答.沙.伊.

很痛。

i.ta.i.de.su.

痛いです。

伊.它.伊.爹.酥.

有一點痛。

su.ko.shi.i.ta.i.de.su.

少し痛いです。

酥.寇.西.～.它.伊.爹.酥.

請小力一點。

mo.tto.yo.wa.ku.shi.te.ku.da.sa.i.

もっと弱くしてください。

某.＾偷.悠.哇.枯.西.貼.枯.答.沙.伊.

很舒服。

ki.mo.chi.i.i.de.su.

気持ちいいです。

克伊.某.七.～.伊.爹.酥.

我在找＋○○。 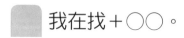　○ **31**

o.sa.ga.shi.te.i.ma.su.
さが
○○＋を探しています。
歐.沙.嘎.西.貼.伊.媽.酥.

西裝 su.u.tsu. **スーツ** 酥.～.豬.	連身裙 wa.n.pi.i.su. **ワンピース** 哇.恩.披.～.酥.
裙子 su.ka.a.to. **スカート** 酥.卡.～.偷.	褲子 zu.bo.n. **ズボン** 茲.剝.恩.
牛仔褲 ji.i.n.zu. **ジーンズ** 基.～.恩.茲.	T恤 ti.i.sha.tsu. ティー **Tシャツ** 踢.～.蝦.豬.
休閒襯衫 ka.ju.a.ru.sha.tsu. **カジュアルシャツ** 卡.啾.阿.魯.蝦.豬.	Polo襯衫 po.ro.sha.tsu. **ポロシャツ** 剖.摟.蝦.豬.

女用襯衫

bu.ra.u.su

ブラウス

布.拉.烏.酥.

毛衣

se.e.ta.a.

セーター

誰.～.它.～.

夾克

ja.ke.tto.

ジャケット

甲.克耶.ˆ偷.

外套

ko.o.to.

コート

寇.～.偷.

內衣

shi.ta.gi.

下着（した ぎ）

西.它.哥伊.

（外穿式）背心

be.su.to.

ベスト

貝.酥.偷.

領帶

ne.ku.ta.i.

ネクタイ

內.枯.它.伊.

帽子

bo.o.shi.

帽子（ぼう し）

剝.～.西.

襪子

ku.tsu.shi.ta.

靴下（くつした）

枯.豬.西.它.

太陽眼鏡

sa.n.gu.ra.su.

サングラス

沙.恩.估.拉.酥.

• 例句 •

歡迎光臨！

i.ra.ssha.i.ma.se.

いらっしゃいませ。

伊.拉.ˆ蝦.伊.媽.誰.

您要找什麼呢？

na.ni.o.o.sa.ga.shi.de.su.ka.

何_{なに}をお探_{さが}しですか。

那.尼.歐.歐.沙.嘎.西.爹.酥.卡.

請您試穿一下。

do.o.zo.go.shi.cha.ku.na.sa.tte.ku.da.sa.i.

どうぞ、ご試着_{しちゃく}なさってください。

都.～.宙.勾.西.洽.枯.那.沙.ˆ貼.枯.答.沙.伊.

這要多少錢？

ko.re.wa.i.ku.ra.de.su.ka.

これはいくらですか。

寇.累.哇.伊.枯.拉.爹.酥.卡.

這是什麼？

ko.re.wa.na.n.de.su.ka.

これは何_{なん}ですか。

寇.累.哇.那.恩.爹.酥.卡.

給我看那個。

a.re.o.mi.se.te.ku.da.sa.i.

あれを見せてください。

阿.累.歐.咪.誰.貼.枯.答.沙.伊.

我只是看看而已。

ta.da.mi.te.i.ru.da.ke.de.su.

ただ見ているだけです。

它.答.咪.貼.伊.魯.答.克耶.爹.酥.

我不買。

ke.kko.o.de.su.

結構です。

克耶. ^寇.～.爹.酥.

我會再來。

ma.ta.ki.ma.su.

また来ます。

媽.它.克伊.媽.酥.

到幾點呢？

na.n.ji.ma.de.de.su.ka.

何時までですか。

那.恩.基.媽.爹.爹.酥.卡.

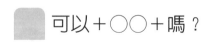

可以＋○○＋嗎？　　　　　　　　○ **31**

i.i.de.su.ka.

○○＋いいですか。
伊．～．爹．酥．卡．

摸	套套看
sa.wa.tte.mo.	cho.tto.ha.o.tte.mi.te.mo.
触っても	ちょっとはおってみても
沙．哇．＾貼．某．	秋．＾偷．哈．歐．＾貼．咪．貼．某．
戴戴看	配戴看看
ka.bu.tte.mi.te.mo.	tsu.ke.te.mi.te.mo.
かぶってみても	つけてみても
卡．布．＾貼．咪．貼．某．	豬．克耶．貼．咪．貼．某．

● 例句 ●

不好意思（用於呼喚店員時）。

su.mi.ma.se.n.

すみません。
酥．咪．媽．誰．恩．

哪種特產賣得最好？

ni.n.ki.no.o.mi.ya.ge.wa.na.n.de.su.ka.

人気のおみやげは何ですか。
尼．恩．克伊．諾．歐．咪．呀．給．哇．那．恩．爹．酥．卡．

我要買送朋友的特產，什麼比較好呢？

to.mo.da.chi.e.no.o.mi.ya.ge.ni.wa.na.ni.ga.i.i.de.sho.o.ka.

<ruby>友達<rt>ともだち</rt></ruby>へのおみやげには<ruby>何<rt>なに</rt></ruby>がいいでしょうか。

偷.某.答.乁.耶.諾.歐.咪.呀.給.尼.哇.那.尼.嘎.伊.～.爹.休.～.卡.

我在找跟這個一樣的東西。

ko.re.to.o.na.ji.mo.no.o.sa.ga.shi.te.i.ru.no.de.su.ga.

これと<ruby>同<rt>おな</rt></ruby>じものを<ruby>探<rt>さが</rt></ruby>しているのですが。

寇.累.偷.歐.那.基.某.諾.歐.沙.嘎.西.貼.伊.魯.諾.爹.酥.嘎.

這個如何呢？

ko.re.wa.do.o.de.su.ka.

これはどうですか。

寇.累.哇.都.～.爹.酥.卡.

那我不喜歡……。

so.re.wa.cho.tto.

それはちょっと……。

搜.累.哇.秋.ˆ偷.

可以試穿嗎？

shi.cha.ku.shi.te.mo.i.i.de.su.ka.

<ruby>試着<rt>しちゃく</rt></ruby>してもいいですか。

西.洽.枯.西.貼.某.伊.～.爹.酥.卡.

有大一點的嗎？

mo.o.su.ko.shi.o.o.ki.i.no.wa.a.ri.ma.su.ka.

もう少し大きいのはありますか。
<ruby>少<rt>すこ</rt></ruby> <ruby>大<rt>おお</rt></ruby>

某.～.酥.寇.西.歐.～.克伊.伊.諾.哇.阿.里.媽.酥.卡.

這要怎麼用呢？

ko.re.wa.do.o.tsu.ka.u.n.de.su.ka.

これはどう使うんですか。
<ruby>使<rt>つか</rt></ruby>

寇.累.哇.都.～.豬.卡.烏.恩.爹.酥.卡.

一定要試穿

可以＋○○＋嗎？　　　　　　　　○ **32**

i.i.de.su.ka.

○○＋いいですか。
伊.～.爹.酥.卡.

試穿看看	試穿看看	試吃看看
ki.te.mi.te.mo.	ha.i.te.mi.te.mo.	ta.be.te.mi.te.mo.
<ruby>着<rt>き</rt></ruby>てみても	<ruby>履<rt>は</rt></ruby>いてみても	<ruby>食<rt>た</rt></ruby>べてみても
克伊.貼.咪.貼.某.	哈.伊.貼.咪.貼.某.	它.貝.貼.咪.貼.某.

例句

我想試穿。

shi.cha.ku.shi.ta.i.de.su.

試<ruby>着<rt>しちゃく</rt></ruby>したいです。

西.洽.枯.西.它.伊.爹.酥.

我可以試戴這個（飾品）嗎？

ko.re.tsu.ke.te.mi.te.mo.i.i.de.su.ka.

これ、つけてみてもいいですか。

寇.累.豬.克耶.貼.咪.貼.某.伊.～.爹.酥.卡.

這邊請。

ko.chi.ra.e.do.o.zo.

こちらへどうぞ。

寇.七.拉.耶.都.～.宙.

可以改短一點嗎？

ta.ke.wa.tsu.me.ra.re.ma.su.ka.

<ruby>丈<rt>たけ</rt></ruby>は<ruby>詰<rt>つ</rt></ruby>められますか。

它.克耶.哇.豬.妹.拉.累.媽.酥.卡.

我很喜歡。

to.te.mo.ki.ni.i.ri.ma.shi.ta.

とても<ruby>気<rt>き</rt></ruby>に<ruby>入<rt>い</rt></ruby>りました。

偷.貼.某.克伊.尼.伊.里.媽.西.它.

有不同的＋○○＋嗎？ ◯ **32**

chi.ga.u.　　　　　wa.a.ri.ma.su.ka.
違う＋○○＋はありますか。
七.嘎.烏.　　　　　哇.阿.里.媽.酥.卡.

設計	尺寸	顔色
de.za.i.n.	sa.i.zu.	i.ro.
デザイン	**サイズ**	いろ **色**
爹.雜.伊.恩.	沙.伊.茲.	伊.摟.

花樣	料子
ga.ra.	so.za.i.
がら **柄**	そ ざい **素材**
嘎.拉.	搜.雜.伊.

● 例句 ●

幫我量一下尺寸。

wa.ta.shi.no.sa.i.zu.o.ha.ka.tte.ku.da.sa.i.
わたし　　　　　　　はか
私のサイズを測ってください。
哇.它.西.諾.沙.伊.茲.歐.哈.卡.ˆ貼.枯.答.沙.伊.

有小一點的嗎？

mo.o.su.ko.shi.chi.i.sa.i.no.wa.a.ri.ma.su.ka.
すこ　　ちい
もう少し小さいのはありますか。
某.～.酥.寇.西.七.～.沙.伊.諾.哇.阿.里.媽.酥.卡.

再給我看一下大一號的。

hi.to.tsu.o.o.ki.i.sa.i.zu.o.mi.se.te.ku.da.sa.i.

<ruby>一<rt>ひと</rt></ruby>つ<ruby>大<rt>おお</rt></ruby>きいサイズを<ruby>見<rt>み</rt></ruby>せてください。

<u>喝伊</u>.偷.豬.歐.～.<u>克伊</u>.～.沙.伊.茲.歐.咪.誰.貼.枯.答.沙.伊.

有大一點的嗎？

mo.o.cho.tto.o.o.ki.i.no.wa.a.ri.ma.su.ka.

もうちょっと<ruby>大<rt>おお</rt></ruby>きいのはありますか。

某.～.秋.ˆ偷.歐.～.<u>克伊</u>.～.諾.哇.阿.里.媽.酥.卡.

您尺寸多大？

sa.i.zu.wa.i.ku.tsu.de.su.ka.

サイズはいくつですか。

沙.伊.茲.哇.伊.枯.豬.爹.酥.卡.

 買化妝品

我在意＋○○。

○32

ga.ki.ni.na.ri.ma.su.

○○＋が<ruby>気<rt>き</rt></ruby>になります。

嘎.<u>克伊</u>.尼.那.里.媽.酥.

皮膚乾燥 ka.sa.tsu.ki. **かさつき** 卡.沙.豬.<u>克伊</u>.	粉刺 ni.ki.bi. **ニキビ** 尼.<u>克伊</u>.逼.	皮膚鬆弛 ta.ru.mi. **たるみ** 它.魯.咪.
黑斑 shi.mi. **しみ** 西.咪.	皺紋 shi.wa. **しわ** 西.哇.	肌膚暗沈 ku.su.mi. **くすみ** 枯.酥.咪.

● 例句 ●

哪個賣得最好？

u.re.su.ji.wa.do.re.de.su.ka.

売れ筋はどれですか。

烏.累.酥.基.哇.都.累.爹.酥.卡.

我在找這種產品。

ko.no.sho.o.hi.n.o.sa.ga.shi.te.i.ru.no.de.su.ga.

この商品を探しているのですが。

寇.諾.休.～.<u>喝伊</u>.恩.歐.沙.嘎.西.貼.伊.魯.諾.爹.酥.嘎.

我想買化妝水。

ke.sho.o.su.i.o.ka.i.ta.i.no.de.su.ga.

化粧水を買いたいのですが。

<u>克耶</u>.休.～.酥.伊.歐.卡.伊.它.伊.諾.爹.酥.嘎.

194

BB霜在哪裡？

bi.i.bi.i.ku.ri.i.mu.wa.do.ko.de.su.ka.

ビービー
BBクリームはどこですか。

逼.～.逼.～.枯.里.～.母.哇.都.寇.爹.酥.卡.

我很煩惱○○。

○○.ni.na.ya.n.de.i.ma.su.

なや
○○に悩んでいます。

○○.尼.那.呀.恩.爹.伊.媽.酥.

有青春痘專用的嗎？

ni.ki.bi.se.n.yo.o.wa.a.ri.ma.su.ka.

せんよう
ニキビ専用はありますか。

尼.克伊.逼.誰.恩.悠.～.哇.阿.里.媽.酥.卡.

哪一種產品適合呢？

do.n.na.se.e.hi.n.ga.a.u.de.sho.o.ka.

せいひん　あ
どんな製品が合うでしょうか。

都.恩.那.誰.～.喝伊.恩.嘎.阿.烏.爹.休.～.卡.

有什麼效果呢？

do.n.na.ko.o.ka.ga.a.ri.ma.su.ka.

こうか
どんな効果がありますか。

都.恩.那.寇.～.卡.嘎.阿.里.媽.酥.卡.

很有人氣。

ni.n.ki.ga.a.ri.ma.su.

にんき
人気があります。

尼.恩.<u>克伊</u>.嘎.阿.里.媽.酥.

可以試用化妝品嗎？

ke.sho.o.hi.n.o.ta.me.shi.te.mi.te.mo.i.i.de.su.ka.

け しょうひん ため
化 粧 品を試してみてもいいですか。

<u>克耶</u>.休.～.<u>喝伊</u>.恩.歐.它.妹.西.貼.咪.貼.某.伊.～.爹.酥.卡.

我要五條口紅。

ku.chi.be.ni.go.ho.n.ku.da.sa.i.

くちべに ほん
口紅５本ください。

枯.七.貝.尼.勾.后.恩.枯.答.沙.伊.

請告訴我使用順序。

tsu.ka.u.ju.n.ba.n.o.o.shi.e.te.ku.da.sa.i.

つか じゅんばん おし
使う順番を教えてください。

豬.卡.烏.啾.恩.拔.恩.歐.歐.西.耶.貼.枯.答.沙.伊.

有試用品嗎？

te.su.ta.a.wa.a.ri.ma.su.ka.

テスターはありますか。

貼.酥.它.～.哇.阿.里.媽.酥.卡.

6 買鞋子

請給我＋○○。

○**33**

o.ku.da.sa.i.

○○＋をください。
歐.枯.答.沙.伊.

休閒運動鞋	涼鞋	無帶淺口有跟女鞋
su.ni.i.ka.a.	sa.n.da.ru.	pa.n.pu.su.
スニーカー	**サンダル**	**パンプス**
酥.尼.～.卡.～.	沙.恩.答.魯.	趴.恩.撲.酥.

高跟拖鞋	高跟鞋	靴子
myu.u.ru.	ha.i.hi.i.ru.	bu.u.tsu.
ミュール	**ハイヒール**	**ブーツ**
咪烏.～.魯.	哈.伊.喝伊.～.魯.	布.～.豬.

短馬靴	網球鞋	登山鞋
sho.o.to.bu.u.tsu.	te.ni.su.shu.u.zu.	to.re.kki.n.gu.shu.u.zu.
ショートブーツ	**テニスシューズ**	**トレッキングシューズ**
休.～.偷.布.～.豬.	貼.尼.酥.西烏.～.茲.	偷.累.ˇ克伊.恩.估.西烏.～.茲.

•例句•

尺寸合嗎？

sa.i.zu.wa.a.i.ma.su.ka.

サイズは合^あいますか。
沙.伊.茲.哇.阿.伊.媽.酥.卡.

剛剛好。

pi.tta.ri.de.su.

ぴったりです。

披. ＾它.里.爹.酥.

這太小了一點。

ko.re.wa.cho.tto.chi.i.sa.i.de.su.ne.

これはちょっと<ruby>小<rt>ちい</rt></ruby>さいですね。

寇.累.哇.秋. ＾偷.七.～.沙.伊.爹.酥.内.

再給我看一下小一點的尺寸。

mo.o.su.ko.shi.chi.i.sa.i.sa.i.zu.o.mi.se.te.ku.da.sa.i.

もう<ruby>少<rt>すこ</rt></ruby>し<ruby>小<rt>ちい</rt></ruby>さいサイズを<ruby>見<rt>み</rt></ruby>せてください。

某.～.酥.寇.西.七.～.沙.伊.沙.伊.茲.歐.咪.誰.貼.枯.答.沙.伊.

這個尺寸有沒有白色的？

ko.no.sa.i.zu.de.shi.ro.wa.na.i.de.su.ka.

このサイズで<ruby>白<rt>しろ</rt></ruby>はないですか。

寇.諾.沙.伊.茲.爹.西.摟.哇.那.伊.爹.酥.卡.

可以走一下嗎？

cho.tto.a.ru.i.te.mi.te.mo.i.i.de.su.ka.

ちょっと<ruby>歩<rt>ある</rt></ruby>いてみてもいいですか。

秋. ＾偷.阿.魯.伊.貼.咪.貼.某.伊.～.爹.酥.卡.

這是真皮的喔！

ko.re.wa.ho.n.ga.wa.de.su.yo.

これは<ruby>本革<rt>ほんがわ</rt></ruby>ですよ。

寇.累.哇.后.恩.嘎.哇.爹.酥.悠.

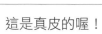

7 這鑽戒真可愛

太＋○○＋了嗎？　　　　　○ **33**

su.gi.ma.su.ka.

酥.哥伊.媽.酥.卡.

大	小
o.o.ki.	chi.i.sa.
<ruby>大<rt>おお</rt></ruby>き	<ruby>小<rt>ちい</rt></ruby>さ
歐.～.克伊.	七.～.沙.

寬鬆	緊
yu.ru.	ki.tsu.
<ruby>緩<rt>ゆる</rt></ruby>	きつ
尤.魯.	克伊.豬.

高 ta.ka. <ruby>高<rt>たか</rt></ruby> 它.卡.	矮 hi.ku. <ruby>低<rt>ひく</rt></ruby> 喝伊.枯.
短 mi.ji.ka. <ruby>短<rt>みじか</rt></ruby> 咪.基.卡.	長 na.ga. <ruby>長<rt>なが</rt></ruby> 那.嘎.

●例句●

這寶石戒真可愛。

ko.no.ho.o.se.ki.no.yu.bi.wa.su.go.ku.ka.wa.i.i.de.su.ne.

この<ruby>宝石<rt>ほうせき</rt></ruby>の<ruby>指輪<rt>ゆびわ</rt></ruby>、すごくかわいいですね。

寇.諾.后.～.誰.克伊.諾.尤.逼.哇.酥.勾.枯.卡.哇.伊.～.爹.酥.內.

可以給我看鑽戒嗎？

da.i.ya.no.yu.bi.wa.o.mi.se.te.i.ta.da.ke.ma.su.ka.

ダイヤの<ruby>指輪<rt>ゆびわ</rt></ruby>を<ruby>見<rt>み</rt></ruby>せていただけますか。

答.伊.呀.諾.尤.逼.哇.歐.咪.誰.貼.伊.它.答.克耶.媽.酥.卡.

請告訴我誕生石。

ta.n.jo.o.se.ki.o.o.shi.e.te.ku.da.sa.i.

<ruby>誕生石<rt>たんじょうせき</rt></ruby>を<ruby>教<rt>おし</rt></ruby>えてください。

它.恩.久.～.誰.克伊.歐.歐.西.耶.貼.枯.答.沙.伊.

這個可以試戴一下嗎？

ko.re.tsu.ke.te.mi.te.mo.i.i.de.su.ka.

これ、つけてみてもいいですか。

寇.累.豬.克耶.貼.咪.貼.某.伊.～.爹.酥.卡.

這是18K金的嗎？

ko.re.wa.ju.u.ha.chi.ki.n.de.su.ka.

これは 18 金ですか。

寇.累.哇.啾.～.哈.七.克伊.恩.爹.酥.卡.

這是幾克拉？

ko.re.wa.na.n.ka.ra.tto.de.su.ka.

これは何カラットですか。

寇.累.哇.那.恩.卡.拉.ˆ偷.爹.酥.卡.

那是三克拉。

so.re.wa.sa.n.ka.ra.tto.de.su.

それは3カラットです。

搜.累.哇.沙.恩.卡.拉.ˆ偷.爹.酥.

這是真的還是假的？

ko.re.wa.ho.n.mo.no.de.su.ka.mo.zo.o.de.su.ka.

これは本物ですか、模造ですか。

寇.累.哇.后.恩.某.諾.爹.酥.卡.某.宙.～.爹.酥.卡.

這好像是假的。

ko.re.wa.mo.zo.o.mi.ta.i.de.su.ne.

これは模造みたいですね。

寇.累.哇.某.宙.～.咪.它.伊.薆.酥.内.

有小一號的嗎？

wa.n.sa.i.zu.chi.i.sa.i.no.wa.a.ri.ma.se.n.ka.

ワンサイズ小さいのはありませんか。

哇.恩.沙.伊.茲.七.～.沙.伊.諾.哇.阿.里.媽.誰.恩.卡.

8 買食物

○○＋在哪裡？

wa.do.ko.de.su.ka.

○○＋はどこですか。

哇.都.寇.爹.酥.卡.

茶	糕點
o.cha.	o.ka.shi.
お茶	お菓子
歐.洽.	歐.卡.西.

速食食品
i.n.su.ta.n.to.sho.ku.hi.n.
インスタント食品
<ruby>食品<rt>しょくひん</rt></ruby>
伊.恩.酥.它.恩.偷.休.枯.喝伊.恩.

調味料
cho.o.mi.ryo.o.
調味料
<ruby>調味料<rt>ちょうみりょう</rt></ruby>
秋.～.咪.溜.～.

鮮魚
sa.ka.na.
魚
<ruby>魚<rt>さかな</rt></ruby>
沙.卡.那.

蔬菜
ya.sa.i.
野菜
<ruby>野菜<rt>やさい</rt></ruby>
呀.沙.伊.

例句

服務台在哪裡？
sa.a.bi.su.ka.u.n.ta.a.wa.do.ko.ni.a.ri.ma.su.ka.
サービスカウンターはどこにありますか。
沙.～.逼.酥.卡.烏.恩.它.～.哇.都.寇.尼.阿.里.媽.酥.卡.

這是什麼醃漬食品呢？
ko.re.wa.na.n.no.tsu.ke.mo.no.de.su.ka.
これは何の漬物ですか。
<ruby>何<rt>なん</rt></ruby>　<ruby>漬物<rt>つけもの</rt></ruby>
寇.累.哇.那.恩.諾.豬.克耶.某.諾.爹.酥.卡.

有醃蘿蔔嗎？
ta.ku.a.n.wa.a.ri.ma.su.ka.
たくあんはありますか。
它.枯.阿.恩.哇.阿.里.媽.酥.卡.

可以試吃嗎？

shi.sho.ku.shi.te.mo.i.i.de.su.ka.

試食^{ししょく}してもいいですか。

西.休.枯.西.貼.某.伊.～.爹.酥.卡.

一百公克多少錢？

hya.ku.gu.ra.mu.i.ku.ra.de.su.ka.

100 グラム^{ひゃく}いくらですか。

喝呀.枯.佶.拉.母.伊.枯.拉.爹.酥.卡.

這個請幫我稱一下。

ko.re.o.ha.ka.tte.ku.da.sa.i.

これを量^{はか}ってください。

寇.累.歐.哈.卡.＾貼.枯.答.沙.伊.

這醃漬食品一包多少錢？

ko.no.tsu.ke.mo.no.no.hi.to.pa.kku.i.ku.ra.de.su.ka.

この漬物^{つけものひと}一パックいくらですか。

寇.諾.豬.克耶.某.諾.喝伊.偷.趴.＾枯.伊.枯.拉.爹.酥.卡.

給我〇〇五百公克。

〇〇.o.go.hya.ku.gu.ra.mu.ku.da.sa.i.

〇〇を 500 グラム^{ごひゃく}ください。

〇〇.歐.勾.喝呀.枯.佶.拉.母.枯.答.沙.伊.

能保鮮幾天？

do.re.ku.ra.i.hi.mo.chi.shi.ma.su.ka.

どれくらい日持ちしますか。

都.累.枯.拉.伊.喝伊.某.七.西.媽.酥.卡.

給我袋子。

fu.ku.ro.ku.da.sa.i.

袋ください。

夫.枯.攏.枯.答.沙.伊.

9 討價還價

請＋○○。

○ **34**

shi.te.ku.da.sa.i.

○○＋してください。

西.貼.枯.答.沙.伊.

便宜	快
ya.su.ku.	ha.ya.ku.
安く	**早く**
呀.酥.枯.	哈.呀.枯.

（弄）小 chi.i.sa.ku. <ruby>小<rt>ちい</rt></ruby>さく 七.～.沙.枯.	（弄）好提 mo.chi.ya.su.ku. <ruby>持<rt>も</rt></ruby>ちやすく 某.七.呀.酥.枯.
（弄）漂亮 ki.re.e.ni. きれいに <u>克伊</u>.累.～.尼.	再便宜一些 mo.o.su.ko.shi.ya.su.ku. もう<ruby>少<rt>すこ</rt></ruby>し<ruby>安<rt>やす</rt></ruby>く 某.～.酥.寇.西.呀.酥.枯.

• 例句 •

多少錢呢？

i.ku.ra.de.su.ka.

いくらですか。

伊.枯.拉.爹.酥.卡.

全部多少錢呢？

ze.n.bu.de.i.ku.ra.de.su.ka.

<ruby>全部<rt>ぜんぶ</rt></ruby>でいくらですか。

<u>瑞賊</u>.恩.布.爹.伊.枯.拉.爹.酥.卡.

這太貴了。

ko.re.wa.ta.ka.su.gi.ma.su.

これは<ruby>高<rt>たか</rt></ruby>すぎます。

寇.累.哇.它.卡.酥.<u>哥伊</u>.媽.酥.

算便宜一點啦！

ya.su.ku.shi.te.ku.da.sa.i.

安くしてください。

呀.酥.枯.西.貼.枯.答.沙.伊.

付現可以打幾折？

ge.n.ki.n.na.ra.na.n.wa.ri.bi.ki.ni.na.ri.ma.su.ka.

現金なら何割引になりますか。

給.恩.克伊.恩.那.拉.那.恩.哇.里.逼.克伊.尼.那.里.媽.酥.卡.

打八折。

ni.wa.ri.bi.ki.ni.na.ri.ma.su.

2割引になります。

尼.哇.里.逼.克伊.尼.那.里.媽.酥.

有樣品嗎？

sa.n.pu.ru.a.ri.ma.su.ka.

サンプルありますか。

沙.恩.撲.魯.阿.里.媽.酥.卡.

請給我＋○○。　　　　　　○ **34**

ku.da.sa.i.

○○＋ください。
枯．答．沙．伊．

一個	一張	一個
hi.to.tsu.	i.chi.ma.i.	i.kko.
ひと **一つ**	いちまい **1枚**	いっ こ **1個**
<u>喝伊</u>．偷．豬．	伊．七．媽．伊．	伊．＾寇．

一台	一本（書）
i.chi.da.i.	i.ssa.tsu.
いちだい **1台**	いっさつ **1冊**
伊．七．答．伊．	伊．＾沙．豬．

• **例句** •

我買這個。 ko.re.ni.shi.ma.su. **これにします。** 寇．累．尼．西．媽．酥．
給我這兩個，那一個。 ko.re.fu.ta.tsu.to.a.re.hi.to.tsu.ku.da.sa.i. ふた　　　　　　ひと **これ二つと、あれ一つください。** 寇．累．夫．它．豬．偷．阿．累．<u>喝伊</u>．偷．豬．枯．答．沙．伊．

麻煩算帳。

o.ka.i.ke.e.o.o.ne.ga.i.shi.ma.su.

<ruby>会<rt>かい</rt></ruby><ruby>計<rt>けい</rt></ruby>を<ruby>願<rt>ねが</rt></ruby>いします。
お会計をお願いします。

歐.卡.伊.克耶.～.歐.歐.內.嘎.伊.西.媽.酥.

32600日圓。

sa.n.ma.n.ni.se.n.ro.ppya.ku.e.n.de.su.

<ruby>さんまんにせんろっぴゃく<rt></rt></ruby> <ruby>えん<rt></rt></ruby>
３万2,600円です。

沙.恩.媽.恩.尼.誰.恩.攄.^披呀.枯.耶.恩.爹.酥.

收您四萬日圓。

yo.n.ma.n.e.n.o.a.zu.ka.ri.shi.ma.su.

<ruby>よんまんえん<rt></rt></ruby> <ruby>あず<rt></rt></ruby>
４万円お預かりします。

悠.恩.媽.恩.耶.恩.歐.阿.茲.卡.里.西.媽.酥.

找您7400日圓。

na.na.se.n.yo.n.hya.ku.e.n.no.o.tsu.ri.de.su.

<ruby>ななせんよんひゃく<rt></rt></ruby> <ruby>えん<rt></rt></ruby> <ruby>つ<rt></rt></ruby>
７,400円のお釣りです。

那.那.誰.恩.悠.恩.喝呀.枯.耶.恩.諾.歐.豬.里.爹.酥.

您付現還是刷卡？

o.shi.ha.ra.i.wa.ge.n.ki.n.de.su.ka.ka.a.do.de.su.ka.

<ruby>支払<rt>し はら</rt></ruby>い<ruby>現金<rt>げんきん</rt></ruby>
お支払いは現金ですか、カードですか。

歐.西.哈.拉.伊.哇.給.恩.克伊.恩.爹.酥.卡.卡.～.都.爹.酥.卡.

我付現。

ge.n.ki.n.de.su.

げんきん
現金です。

給.恩.克伊.恩.爹.酥.

可以刷卡嗎？

ka.a.do.ba.ra.i.wa.de.ki.ma.su.ka.

ばら
カード払いはできますか。

卡.～.都.拔.拉.伊.哇.爹.克伊.媽.酥.卡.

不，不能刷卡。

i.i.e.ka.a.do.wa.o.tsu.ka.i.ni.na.re.ma.se.n.

つか
いいえ、カードはお使いになれません。

伊.～.耶.卡.～.都.哇.歐.豬.卡.伊.尼.那.累.媽.誰.恩.

可以使用優待券嗎？

ku.u.po.n.wa.tsu.ka.e.ma.su.ka.

つか
クーポンは使えますか。

枯.～.剖.恩.哇.豬.卡.耶.媽.酥.卡.

請這裡簽名。

ko.ko.ni.sa.i.n.o.o.ne.ga.i.shi.ma.su.

ねが
ここにサインをお願いします。

寇.寇.尼.沙.伊.恩.歐.歐.內.嘎.伊.西.媽.酥.

金額不對。

ki.n.ga.ku.ga.a.tte.i.ma.se.n.

きんがく あ
金額が合っていません。

克伊．恩．嘎．枯．嘎．阿．＾貼．伊．媽．誰．恩．

請找錢。

o.tsu.ri.o.ku.da.sa.i.

つ
お釣りをください。

歐．豬．里．歐．枯．答．沙．伊．

給我收據。

re.shi.i.to.o.ku.da.sa.i.

レシートをください。

累．西．～．偷．歐．枯．答．沙．伊．

歡迎再度光臨。

ma.ta.o.ko.shi.ku.da.sa.i.

こ
またお越しください。

媽．它．歐．寇．西．枯．答．沙．伊．

•例句•

34

可以幫我包成送禮的嗎？

pu.re.ze.n.to.yo.o.ni.ho.o.so.o.shi.te.i.ta.da.ke.ma.su.ka.

プレゼント用に包装していただけますか。

撲.累.瑞賊.恩.偷.悠.～.尼.后.～.搜.～.西.貼.伊.它.答.克耶.媽.酥.卡.

送禮用的嗎？

pu.re.ze.n.to.yo.o.de.su.ka.

プレゼント用ですか。

撲.累.瑞賊.恩.偷.悠.～.爹.酥.卡.

不，自己要用的。

i.i.e.ji.ta.ku.yo.o.de.su.

いいえ、自宅用です。

伊.～.耶.基.它.枯.悠.～.爹.酥.

是的，送禮用的。

ha.i.pu.re.ze.n.to.yo.o.de.su.

はい、プレゼント用です。

哈.伊.撲.累.瑞賊.恩.偷.悠.～.爹.酥.

幫我個別包裝。

be.tsu.be.tsu.no.fu.ku.ro.ni.i.re.te.ku.da.sa.i.

別々の袋に入れてください。

貝.豬.貝.豬.諾.夫.枯.摟.尼.伊.累.貼.枯.答.沙.伊.

幫我放在一個大袋子裡。

o.o.ki.na.fu.ku.ro.ni.ma.to.me.te.ku.da.sa.i.

大きな袋にまとめてください。

歐.～.克伊.那.夫.枯.摟.尼.媽.偷.妹.貼.枯.答.沙.伊.

請幫我放在袋子裡。

fu.ku.ro.ni.i.re.te.ku.da.sa.i.

袋に入れてください。

夫.枯.摟.尼.伊.累.貼.枯.答.沙.伊.

請再給我多一點袋子（分裝伴手禮用）。

ko.wa.ke.bu.ku.ro.o.mo.tto.ku.da.sa.i.

小分け袋をもっとください。

寇.哇.克耶.布.枯.摟.歐.某.＾偷.枯.答.沙.伊.

請幫我寄送到飯店。

ko.re.ho.te.ru.ma.de.ha.i.ta.tsu.shi.te.ku.da.sa.i.

これ、ホテルまで配達してください。

寇.累.后.貼.魯.媽.爹.哈.伊.它.豬.西.貼.枯.答.沙.伊.

這可以幫我寄到台灣嗎？

ko.re.ta.i.wa.n.ma.de.o.ku.tte.i.ta.da.ke.ma.su.ka.

これ、台湾まで送っていただけますか。

寇.累.它.伊.哇.恩.媽.爹.歐.枯.＾貼.伊.它.答.克耶.媽.酥.卡.

運費要多少？

u.n.so.o.ryo.o.wa.i.ku.ra.de.su.ka.

うんそうりょう
運送料はいくらですか。

烏.恩.搜.～.溜.～.哇.伊.枯.拉.爹.酥.卡.

要花幾天？

na.n.ni.chi.ku.ra.i.ka.ka.ri.ma.su.ka.

なんにち
何日くらいかかりますか。

那.恩.尼.七.枯.拉.伊.卡.卡.里.媽.酥.卡.

■ 到＋○○＋嗎？

○ **35**

e.i.ki.ma.su.ka.
○○＋へ行きますか。
耶.伊.克伊.媽.酥.卡.

東京車站	成田機場
to.o.kyo.o.e.ki.	na.ri.ta.ku.u.ko.o.
とうきょうえき **東京駅**	なり た くうこう **成田空港**
偷.～.卡悠.～.耶.克伊.	那.里.它.枯.～.寇.～.

遊樂園	美術館
yu.u.e.n.chi.	bi.ju.tsu.ka.n.
ゆうえん ち **遊園地**	び じゅつかん **美術館**
尤.～.耶.恩.七.	逼.啾.豬.卡.恩.

● 例句 ●

這附近有地鐵車站嗎？

chi.ka.ku.ni.chi.ka.te.tsu.no.e.ki.wa.a.ri.ma.su.ka.

ちか　ち か てつ　えき
近くに地下鉄の駅はありますか。

七.卡.枯.尼.七.卡.貼.豬.諾.耶.克伊.哇.阿.里.媽.酥.卡.

給我一張開往秋葉原的車票。

a.ki.ha.ba.ra.i.ki.no.ki.ppu.o.i.chi.ma.i.ku.da.sa.i.

あき は ばら い　　　きっ ぷ　　いちまい
秋葉原行きの切符を１枚ください。

阿.克伊.哈.拔.拉.伊.克伊.諾.克伊.^撲.歐.伊.七.媽.伊.枯.答.沙.伊.

215

往名古屋的是幾點？

na.go.ya.i.ki.wa.na.n.ji.de.su.ka.

名古屋行きは何時ですか。

那.勾.呀.伊.克伊.哇.那.恩.基.爹.酥.卡.

給我自由座位兩張。

ji.yu.u.se.ki.o.ni.ma.i.ku.da.sa.i.

自由席を2枚ください。

基.尤.～.誰.克伊.歐.尼.媽.伊.枯.答.沙.伊.

到橫濱還要多久？

yo.ko.ha.ma.ma.de.a.to.do.re.ku.ra.i.de.su.ka.

横浜まであとどれくらいですか。

悠.寇.哈.媽.媽.爹.阿.偷.都.累.枯.拉.伊.爹.酥.卡.

開往上野的列車有幾點的呢？

u.e.no.i.ki.no.re.ssha.wa.na.n.ji.de.su.ka.

上野行きの列車は何時ですか。

烏.耶.諾.伊.克伊.諾.累.＾蝦.哇.那.恩.基.爹.酥.卡.

請退我錢。

ha.ra.i.mo.do.shi.shi.te.ku.da.sa.i.

払い戻ししてください。

哈.拉.伊.某.都.西.西.貼.枯.答.沙.伊.

216

要花幾分鐘呢？

na.n.pu.n.ka.ka.ri.ma.su.ka.

何分かかりますか。
なんぷん

那.恩.撲.恩.卡.卡.里.媽.酥.卡.

在哪裡換車呢？

do.ko.de.no.ri.ka.e.ma.su.ka.

どこで乗り換えますか。
の か

都.寇.爹.諾.里.卡.耶.媽.酥.卡.

往公園的出口在哪裡？

ko.o.e.n.e.no.de.gu.chi.wa.do.ko.de.su.ka.

公園への出口はどこですか。
こうえん でぐち

寇.～.耶.恩.耶.諾.爹.估.七.哇.都.寇.爹.酥.卡.

末班電車是幾點呢？

shu.u.de.n.wa.na.n.ji.de.su.ka.

終電は何時ですか。
しゅうでん なんじ

西烏.～.爹.恩.哇.那.恩.基.爹.酥.卡.

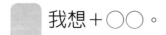

我想＋○○。 ○ **35**

ta.i.de.su.
○○＋たいです。
它·伊·爹·酥·

寄放行李	在這裡休息
ni.mo.tsu.o.a.zu.ke.	ko.ko.de.ya.su.mi.
荷物を預け	ここで休み
尼·某·豬·歐·阿·茲·克耶·	寇·寇·爹·呀·酥·咪·

寄到台灣	一起去
ta.i.wa.n.ni.o.ku.ri.	i.ssho.ni.i.ki.
台湾に送り	一緒に行き
它·伊·哇·恩·尼·歐·枯·里·	伊·︿休·尼·伊·克伊·

●例句●

開往新宿的公車站在哪裡？

shi.n.ju.ku.i.ki.no.ba.su.te.e.wa.do.ko.de.su.ka.
新宿行きのバス停はどこですか。
西·恩·啾·枯·伊·克伊·諾·拔·酥·貼·～·哇·都·寇·爹·酥·卡·

給我四張往青森的車票。

a.o.mo.ri.i.ki.o.yo.n.ma.i.ku.da.sa.i.
青森行きを４枚ください。
阿·歐·某·里·伊·克伊·歐·悠·恩·媽·伊·枯·答·沙·伊·

218

羽田機場要怎麼走？

ha.ne.da.ku.u.ko.o.e.wa.do.o.i.ke.ba.i.i.de.su.ka.

羽田空港へはどう行けばいいですか。

哈.內.答.枯.～.寇.～.耶.哇.都.～.伊.克耶.拔.伊.～.爹.酥.卡.

這公車往幕張嗎？

ko.no.ba.su.wa.ma.ku.ha.ri.ni.i.ki.ma.su.ka.

このバスは幕張に行きますか。

寇.諾.拔.酥.哇.媽.枯.哈.里.尼.伊.克伊.媽.酥.卡.

3號公車站的巴士可以到喔！

sa.n.ba.n.ba.su.te.e.no.ba.su.ga.i.ki.ma.su.yo.

3番バス停のバスが行きますよ。

沙.恩.拔.恩.拔.酥.貼.～.諾.拔.酥.嘎.伊.克伊.媽.酥.悠.

有幾分的休息時間呢？

kyu.u.ke.e.ji.ka.n.wa.na.n.pu.n.de.su.ka.

休憩時間は何分ですか。

卡烏.～.克耶.～.基.卡.恩.哇.那.恩.撲.恩.爹.酥.卡.

往涉谷的巴士要在哪裡搭乘？

shi.bu.ya.e.i.ku.ni.wa.do.ko.de.ba.su.ni.no.re.ba.i.i.de.su.ka.

渋谷へ行くにはどこでバスに乗ればいいですか。

西.布.呀.耶.伊.枯.尼.哇.都.寇.爹.拔.酥.尼.諾.累.拔.伊.～.爹.酥.卡.

到了ＮＨＫ前請告訴我。

e.nu.e.i.chi.ke.e.ma.e.ni.tsu.i.ta.ra.o.shi.e.te.ku.da.sa.i.

エヌ エイチ ケーまえ に着いたら教えてください。
ＮＨＫ前に着いたら教えてください。

耶.奴.耶.～.七.克耶.～.媽.耶.尼.豬.伊.它.拉.歐.西.耶.貼.枯.答.沙.伊.

在這裡下車。

ko.ko.de.o.ri.ma.su.

ここで降ります。

寇.寇.爹.歐.里.媽.酥.

3 搭計程車

我到＋○○。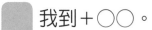

○35

o.ne.ga.i.shi.ma.su.

○○＋お願いします。

歐.內.嘎.伊.西.媽.酥.

這裡	淺草雷門
ko.ko.	a.sa.ku.sa.ka.mi.na.ri.mo.n.
ここ	あさくさかみなりもん 浅草 雷 門
寇.寇.	阿.沙.枯.沙.卡.咪.那.里.某.恩.

清水寺
ki.yo.mi.zu.de.ra.
きよみずでら
清水寺
克伊.悠.咪.茲.爹.拉.

姫路城
hi.me.ji.jo.o.
ひめ じ じょう
姫路 城
喝伊.妹.基.久.～.

嚴島神社
i.tsu.ku.shi.ma.ji.n.ja.
いつくしまじんじゃ
厳 島神社
伊.豬.枯.西.媽.基.恩.甲.

伊勢神宮
i.se.ji.n.gu.u.
い せ じんぐう
伊勢神宮
伊.誰.基.恩.估.烏.

● 例句 ●

計程車！ ta.ku.shi.i. # タクシー！ 它.枯.西.～.
司機先生。 u.n.te.n.shu.sa.n. うんてんしゅ # 運転手さん。 烏.恩.貼.恩.西烏.沙.恩.
我到這裡。 ko.ko.ni.i.tte.ku.da.sa.i. い # ここに行ってください。 寇.寇.尼.～.＾貼.枯.答.沙.伊.

我到池袋。

i.ke.bu.ku.ro.ni.i.tte.ku.da.sa.i.

いけぶくろ に い
池袋に行ってください。

伊.克耶.布.枯.摟.尼.伊.ˆ貼.枯.答.沙.伊.

要花多久時間？

do.re.ku.ra.i.ka.ka.ru.de.sho.o.ka.

どれくらいかかるでしょうか。

都.累.枯.拉.伊.卡.卡.魯.爹.休.～.卡.

請按計程表。

me.e.ta.a.o.ta.o.shi.te.ku.da.sa.i.

たお
メーターを倒してください。

妹.～.它.～.歐.它.歐.西.貼.枯.答.沙.伊.

請右轉。

mi.gi.e.ma.ga.tte.ku.da.sa.i.

みぎ ま
右へ曲がってください。

咪.哥伊.耶.媽.嘎.ˆ貼.枯.答.沙.伊.

請開暖氣。

da.n.bo.o.o.i.re.te.ku.da.sa.i.

だんぼう い
暖房を入れてください。

答.恩.剝.～.歐.伊.累.貼.枯.答.沙.伊.

請開慢一點。

yu.kku.ri.i.tte.ku.da.sa.i.

ゆっくり行ってください。

尤.ˆ枯.里.伊.ˆ貼.枯.答.沙.伊.

請快一點。

i.so.i.de.ku.da.sa.i.

急いでください。

伊.搜.伊.爹.枯.答.沙.伊.

請在這裡停車。

ko.ko.de.to.me.te.ku.da.sa.i.

ここで止めてください。

寇.寇.爹.偷.妹.貼.枯.答.沙.伊.

請在那個大樓前停。

a.no.bi.ru.no.ma.e.de.to.me.te.ku.da.sa.i.

あのビルの前で止めてください。

阿.諾.逼.魯.諾.媽.耶.爹.偷.妹.貼.枯.答.沙.伊.

麻煩，幫我打開後車箱。

a.no.to.ra.n.ku.o.a.ke.te.ku.da.sa.i.

あの、トランクを開けてください。

阿.諾.偷.拉.恩.枯.歐.阿.克耶.貼.枯.答.沙.伊.

多少錢呢？

i.ku.ra.de.su.ka.

いくらですか。

伊.枯.拉.爹.酥.卡.

請找零。

o.tsu.ri.o.ku.da.sa.i.

おつりをください。

歐.豬.里.歐.枯.答.沙.伊.

謝謝。

o.se.wa.sa.ma.de.shi.ta.

お世話様でした。
<ruby>世<rt>せ</rt></ruby><ruby>話<rt>わ</rt></ruby><ruby>様<rt>さま</rt></ruby>

歐.誰.哇.沙.媽.爹.西.它.

4 問路

可以＋○○＋嗎？ ○T**36**

i.i.de.su.ka.

○○＋いいですか。

伊.～.爹.酥.卡.

問一下	去	看
o.ta.zu.ne.shi.te.mo.	i.tte.mo.	mi.te.mo.
お尋ねしても	行っても	見ても
歐.它.茲.內.西.貼.某.	伊.＾貼.某.	咪.貼.某.

吃	回去	休息一下
ta.be.te.mo.	ka.e.tte.mo.	ya.su.n.de.mo.
食べても	帰っても	休んでも
它.貝.貼.某.	卡.耶.＾貼.某.	呀.酥.恩.爹.某.

• 例句 •

公車總站在哪裡？

ba.su.no.ri.ba.wa.do.ko.de.su.ka.

バス乗り場はどこですか。

拔.酥.諾.里.拔.哇.都.寇.爹.酥.卡.

不好意思，我迷路了。

su.mi.ma.se.n.mi.chi.ni.ma.yo.tte.shi.ma.i.ma.shi.ta.

すみません、道に迷ってしまいました。

酥.咪.媽.誰.恩.咪.七.尼.媽.悠.＾貼.西.媽.伊.媽.西.它.

（邊看地圖）我現在在哪裡？

(chi.zu.o.mi.se.na.ga.ra.).i.ma.i.ru.to.ko.ro.wa.do.ko.de.su.ka.

（地図を見せながら）今いる所はどこですか。

（七.茲.歐.咪.誰.那.嘎.拉.）.伊.媽.伊.魯.偷.寇.摟.哇.都.寇.爹.酥.卡.

請幫我指一下地圖。

chi.zu.de.sa.shi.te.ku.da.sa.i.

地図で指してください。
<ruby>地<rt>ち</rt></ruby><ruby>図<rt>ず</rt></ruby>で<ruby>指<rt>さ</rt></ruby>してください。

七.茲.爹.沙.西.貼.枯.答.沙.伊.

往哪一條路走好呢？

do.no.mi.chi.o.i.ke.ba.i.i.no.de.su.ka.

どの道を行けばいいのですか。
どの<ruby>道<rt>みち</rt></ruby>を<ruby>行<rt>い</rt></ruby>けばいいのですか。

都.諾.咪.七.歐.伊.克耶.拔.伊.～.諾.爹.酥.卡.

鞋店在哪裡呢？

ku.tsu.ya.wa.do.ko.de.su.ka.

靴屋はどこですか。
<ruby>靴<rt>くつ</rt></ruby><ruby>屋<rt>や</rt></ruby>はどこですか。

枯.豬.呀.哇.都.寇.爹.酥.卡.

要花多少時間？

do.no.ku.ra.i.ka.ka.ri.ma.su.ka.

どのくらいかかりますか。

都.諾.枯.拉.伊.卡.卡.里.媽.酥.卡.

大約10分鐘。

ju.ppu.n.ku.ra.i.de.su.

10分くらいです。
<ruby>10<rt></rt></ruby><ruby>分<rt>じゅっぷん</rt></ruby>くらいです。

啾.^撲.恩.枯.拉.伊.爹.酥.

● 例句 ●

可以看到那邊的大建築物嗎？

a.so.ko.ni.o.o.ki.na.ta.te.mo.no.ga.mi.e.ru.de.sho.o.

あそこに大<ruby>大<rt>おお</rt></ruby>きな<ruby>建物<rt>たてもの</rt></ruby>が<ruby>見<rt>み</rt></ruby>えるでしょう。

阿.搜.寇.尼.歐.～.克伊.那.它.貼.某.諾.嘎.咪.耶.魯.爹.休.～.

那就是郵局。

a.so.ko.ga.yu.u.bi.n.kyo.ku.de.su.

あそこが<ruby>郵便局<rt>ゆうびんきょく</rt></ruby>です。

阿.搜.寇.嘎.尤.～.逼.恩.卡悠.枯.爹.酥.

有地圖嗎？

chi.zu.a.ri.ma.su.ka.

<ruby>地図<rt>ち ず</rt></ruby>ありますか。

七.茲.阿.里.媽.酥.卡.

這是近路嗎？

ko.re.ga.chi.ka.mi.chi.de.su.ka.

これが<ruby>近道<rt>ちかみち</rt></ruby>ですか。

寇.累.嘎.七.卡.咪.七.爹.酥.卡.

往左轉。

hi.da.ri.e.ma.ga.tte.ku.da.sa.i.

<ruby>左<rt>ひだり</rt></ruby>へ<ruby>曲<rt>ま</rt></ruby>がってください。

喝伊.答.里.耶.媽.嘎.ˆ貼.枯.答.沙.伊.

227

直走。

ma.ssu.gu.i.ki.ma.su.

まっすぐ行<ruby>行<rt>い</rt></ruby>きます。

媽.ˆ酥.估.伊.<u>克伊</u>.媽.酥.

你先找餐廳的位置。

re.su.to.ra.n.ga.me.ji.ru.shi.de.su.

レストランが目印<ruby>目印<rt>めじるし</rt></ruby>です。

累.酥.偷.拉.恩.嘎.妹.基.魯.西.爹.酥.

---

6 郵局－買郵票

・例句・

郵局在哪裡？

yu.u.bi.n.kyo.ku.wa.do.ko.de.su.ka.

郵便局<ruby>郵便局<rt>ゆうびんきょく</rt></ruby>はどこですか。

尤.～.逼.恩.<u>卡悠</u>.枯.哇.都.寇.爹.酥.卡.

我要郵票。

ki.tte.o.ku.da.sa.i.

切手<ruby>切手<rt>きって</rt></ruby>をください。

<u>克伊</u>.ˆ貼.歐.枯.答.沙.伊.

228

給我70日圓的郵票。

na.na.ju.u.e.n.no.ki.tte.ku.da.sa.i.

７０円の切手ください。

那.那.啾.～.耶.恩.諾.<u>克伊</u>.＾貼.枯.答.沙.伊.

給我國際快捷的信封。

i.i.e.mu.e.su.no.fu.u.to.o.o.ku.da.sa.i.

ＥＭＳの封筒をください。

伊.～.耶.母.耶.酥.諾.夫.～.偷.～.歐.枯.答.沙.伊.

給我航空郵簡。

ko.o.ku.u.sho.ka.n.o.ku.da.sa.i.

航空書簡をください。

寇.～.枯.～.休.卡.恩.歐.枯.答.沙.伊.

我要寄到台灣。

ta.i.wa.n.e.o.ku.ri.ta.i.no.de.su.ga.

台湾へ送りたいのですが。

它.伊.哇.恩.耶.歐.枯.里.它.伊.諾.爹.酥.嘎.

麻煩（我要）＋○○。

○ **36**

de.o.ne.ga.i.shi.ma.su.
○○＋でお願いします。
爹.歐.內.嘎.伊.西.媽.酥.

空運
ko.o.ku.u.bi.n.
航空便
寇.～.枯.～.逼.恩.

船運
fu.na.bi.n.
船便
夫.那.逼.恩.

掛號
ka.ki.to.me.
書留
卡.克伊.偷.妹.

附加保險
ho.ke.n.tsu.ki.
保険付き
后.克耶.恩.豬.克伊.

國際快捷
i.i.e.mu.e.su.(ko.ku.sa.i.su.pi.i.do.yu.u.bi.n.)
EMS（国際スピード郵便）
伊.～.耶.母.耶.酥.(寇.枯.沙.伊.酥.披.～.都.尤.～.逼.恩.)

限時專送
so.ku.ta.tsu.
速達
搜.枯.它.豬.

例句

我要寄國際快捷。

i.i.e.mu.e.su.de.o.ne.ga.i.shi.ma.su.

ＥＭＳでお願いします。

伊.～.耶.母.耶.酥.爹.歐.內.嘎.伊.西.媽.酥.

好的。

ha.i.wa.ka.ri.ma.shi.ta.

はい、わかりました。

哈.伊.哇.卡.里.媽.西.它.

我要寄送行李。

ni.mo.tsu.o.o.ku.ri.ta.i.no.de.su.ga.

荷物を送りたいのですが。

尼.某.豬.歐.歐.枯.里.它.伊.諾.爹.酥.嘎.

您信要寄到哪裡呢？

te.ga.mi.wa.do.chi.ra.ni.o.ku.ri.ma.su.ka.

手紙はどちらに送りますか。

貼.嘎.咪.哇.都.七.拉.尼.歐.枯.里.媽.酥.卡.

我要寄到台灣。

ta.i.wa.n.ni.o.ku.ri.ma.su.

台湾に送ります。

它.伊.哇.恩.尼.歐.枯.里.媽.酥.

要花幾天？

na.n.ni.chi.ku.ra.i.ka.ka.ri.ma.su.ka.

何日くらいかかりますか。
<ruby>なんにち</ruby>

那.恩.尼.七.枯.拉.伊.卡.卡.里.媽.酥.卡.

大約四天時間。

yo.kka.ku.ra.i.ka.ka.ri.ma.su.

４日くらいかかります。
<ruby>よっか</ruby>

悠.＾卡.枯.拉.伊.卡.卡.里.媽.酥.

到台灣大約要花四天。

ta.i.wa.n.ma.de.yo.kka.ho.do.ka.ka.ri.ma.su.

台湾まで４日ほどかかります。
<ruby>たいわん</ruby> <ruby>よっか</ruby>

它.伊.哇.恩.媽.爹.悠.＾卡.后.都.卡.卡.里.媽.酥.

給我紙箱。

da.n.bo.o.ru.ba.ko.o.ku.da.sa.i.

段ボール箱をください。
<ruby>だん</ruby> <ruby>ばこ</ruby>

答.恩.剝.～.魯.拔.寇.～.枯.答.沙.伊.

裡面是什麼？

na.ka.mi.wa.na.n.de.su.ka.

中身は何ですか。
<ruby>なかみ</ruby> <ruby>なん</ruby>

那.卡.咪.哇.那.恩.爹.酥.卡.

有易損物品。

ko.wa.re.ya.su.i.mo.no.ga.a.ri.ma.su.

<ruby>壊<rt>こわ</rt></ruby>れやすい<ruby>物<rt>もの</rt></ruby>があります。

寇.哇.累.呀.酥.伊.某.諾.嘎.阿.里.媽.酥.

請給我＋○○。　　　　　　　　　○ **37**

ku.da.sa.i.
○○＋ください。
枯.答.沙.伊.

感冒藥	體溫計	藥用貼布
ka.ze.gu.su.ri.	ta.i.o.n.ke.e.	shi.ppu.
かぜぐすり **風邪薬**	たいおんけい **体温計**	しっぷ **湿布**
卡.瑞賊.估.酥.里.	它.伊.歐.恩.克耶.～.	西.ˆ撲.

胃藥	止瀉藥	暈車藥
i.gu.su.ri.	ge.ri.do.me.	yo.i.do.me.
い ぐすり **胃薬**	げ り ど **下痢止め**	よ　ど **酔い止め**
伊.估.酥.里.	給.里.都.妹.	悠.伊.都.妹.

• 例句 •

給我感冒藥。

ka.ze.gu.su.ri.o.ku.da.sa.i.
か ぜ ぐすり
風邪薬をください。
卡.瑞賊.估.酥.里.歐.枯.答.沙.伊.

給我處方箋的藥。

sho.ho.o.se.n.no.ku.su.ri.o.ku.da.sa.i.
しょほうせん　くすり
処方箋の薬をください。
休.后.～.誰.恩.諾.枯.酥.里.歐.枯.答.沙.伊.

好像吃壞肚子了。

sho.ku.a.ta.ri.no.yo.o.de.su.

<ruby>食<rt>しょく</rt></ruby>あたりのようです。

休.枯.阿.它.里.諾.悠.～.爹.酥.

給我跟這個一樣的藥。

ko.re.to.o.na.ji.ku.su.ri.o.ku.da.sa.i.

これと<ruby>同<rt>おな</rt></ruby>じ<ruby>薬<rt>くすり</rt></ruby>をください。

寇.累.偷.～.那.基.枯.酥.里.歐.枯.答.沙.伊.

這藥有副作用嗎？

ko.no.ku.su.ri.wa.fu.ku.sa.yo.o.ga.a.ri.ma.su.ka.

この<ruby>薬<rt>くすり</rt></ruby>は<ruby>副作用<rt>ふくさよう</rt></ruby>がありますか。

寇.諾.枯.酥.里.哇.夫.枯.沙.悠.～.嘎.阿.里.媽.酥.卡.

這藥要怎麼吃呢？

ko.no.ku.su.ri.wa.do.no.yo.o.ni.no.me.ba.i.i.de.su.ka.

この<ruby>薬<rt>くすり</rt></ruby>はどのように<ruby>飲<rt>の</rt></ruby>めばいいですか。

寇.諾.枯.酥.里.哇.都.諾.悠.～.尼.諾.妹.拔.伊.～.爹.酥.卡.

一天飯後吃三次。

i.chi.ni.chi.sa.n.ka.i.sho.ku.go.ni.fu.ku.yo.o.shi.te.ku.da.sa.i.

<ruby>1日<rt>いちにち</rt></ruby><ruby>3回<rt>さんかい</rt></ruby><ruby>食<rt>しょく</rt></ruby> <ruby>後<rt>ご</rt></ruby>に<ruby>服用<rt>ふくよう</rt></ruby>してください。

伊.七.尼.七.沙.恩.卡.伊.休.枯.勾.尼.夫.枯.悠.～.西.貼.枯.答.沙.伊.

現在吃可以嗎？

i.ma.no.n.de.mo.i.i.de.su.ka.

今飲んでもいいですか。

伊．媽．諾．恩．爹．某．伊．～．爹．酥．卡．

2 到醫院 1

沒有＋○○。  **37**

wa.a.ri.ma.se.n.

○○＋はありません。

哇．阿．里．媽．誰．恩．

健保卡

ke.n.ko.o.ho.ke.n.sho.o.

けんこう ほ けんしょう
健康保険証

克耶．恩．寇．～．后．克耶．恩．休．～．

介紹信

sho.o.ka.i.jo.o.

しょうかいじょう
紹介状

休．～．卡．伊．久．～．

社會保險

sha.ka.i.ho.ke.n.

しゃかい ほ けん
社会保険

蝦．卡．伊．后．克耶．恩．

掛號證

shi.n.sa.tsu.ke.n.

しんさつけん
診察券

西．恩．沙．豬．克耶．恩．

例句

我要看病。

shi.n.sa.tsu.o.o.ne.ga.i.shi.ma.su.

診察をお願いします。
しんさつ　　　　ねが

西.恩.沙.豬.歐.歐.內.嘎.伊.西.媽.酥.

我是初診。

sho.shi.n.de.su.ga.

初診ですが。
しょしん

休.西.恩.爹.酥.嘎.

我想看內科。

na.i.ka.ni.ka.ka.ri.ta.i.de.su.

内科にかかりたいです。
ないか

那.伊.卡.尼.卡.卡.里.它.伊.爹.酥.

我想看外科。

ge.ka.ni.ka.ka.ri.ta.i.de.su.

外科にかかりたいです。
げか

給.卡.尼.卡.卡.里.它.伊.爹.酥.

沒有預約。

yo.ya.ku.shi.te.i.ma.se.n.

予約していません。
よやく

悠.呀.枯.西.貼.伊.媽.誰.恩.

請讓我測量體溫。

ta.i.o.n.o.ha.ka.tte.ku.da.sa.i.

体温を測ってください。
たいおん　はか

它.伊.歐.恩.歐.哈.卡.ˆ貼.枯.答.沙.伊.

我感冒了。

ka.ze.o.hi.ki.ma.shi.ta.

風邪をひきました。
か　ぜ

卡.瑞賊.歐.喝伊.克伊.媽.西.它.

打針比較好嗎？

chu.u.sha.shi.ta.ho.o.ga.i.i.de.su.ka.

注射した方がいいですか。
ちゅうしゃ　　　　ほう

七烏.～.蝦.西.它.后.～.嘎.伊.～.爹.酥.卡.

有藥物過敏嗎？

ku.su.ri.no.a.re.ru.gi.i.ga.a.ri.ma.su.ka.

薬のアレルギーがありますか。
くすり

枯.酥.里.諾.阿.累.魯.哥伊.～.嘎.阿.里.媽.酥.卡.

我有藥物過敏。

ku.su.ri.no.a.re.ru.gi.i.ga.a.ri.ma.su.

薬のアレルギーがあります。
くすり

枯.酥.里.諾.阿.累.魯.哥伊.～.嘎.阿.里.媽.酥.

有過敏體質。

a.re.ru.gi.i.ta.i.shi.tsu.de.su.

アレルギー体質です。

阿.累.魯.哥伊.～.它.伊.西.豬.爹.酥.

3 到醫院 2

請做＋○○。

○ **37**

ku.da.sa.i.

○○＋ください。
枯.答.沙.伊.

用吸的	不要吞下用含的
su.i.ko.n.de.	no.ma.zu.ni.na.me.te.
吸い込んで	**飲まずになめて**
酥.伊.寇.恩.爹.	諾.媽.茲.尼.那.妹.貼.

漱口一下	用噴的
u.ga.i.o.shi.te.	su.pu.re.e.shi.te.
うがいをして	**スプレーして**
烏.嘎.伊.歐.西.貼.	酥.撲.累.～.西.貼.

用塗抹的	用貼的
nu.tte.	ha.tte.
塗って	貼って
奴.ˆ貼.	哈.ˆ貼.

◦例句◦

有發燒。

ne.tsu.ga.a.ri.ma.su.

熱があります。

内.豬.嘎.阿.里.媽.酥.

感到身體發冷。

sa.mu.ke.ga.shi.ma.su.

寒気がします。

沙.母.克耶.嘎.西.媽.酥.

感到身體沈重倦怠。

ka.ra.da.ga.o.mo.i.de.su.

体が重いです。

卡.拉.答.嘎.歐.某.伊.爹.酥.

咳嗽得很厲害。

se.ki.ga.hi.do.i.de.su.

咳がひどいです。

誰.克伊.嘎.喝伊.都.伊.爹.酥.

喉嚨痛。

no.do.ga.i.ta.i.de.su.

のどが痛いです。

諾.都.嘎.伊.它.伊.爹.酥.

沒有食慾。

sho.ku.yo.ku.ga.a.ri.ma.se.n.

食欲がありません。

休.枯.悠.枯.嘎.阿.里.媽.誰.恩.

感到噁心。

ha.ki.so.o.de.su.

吐きそうです。

哈.克伊.搜.～.爹.酥.

有瀉肚子。

ge.ri.o.shi.te.i.ma.su.

下痢をしています。

給.里.歐.西.貼.伊.媽.酥.

肚子痛。

o.na.ka.ga.i.ta.i.de.su.

おなかが痛いです。

歐.那.卡.嘎.伊.它.伊.爹.酥.

頭痛。

a.ta.ma.ga.i.ta.i.de.su.

頭が痛いです。

あたま いた

阿.它.媽.嘎.伊.它.伊.爹.酥.

牙痛。

ha.ga.i.ta.i.de.su.

歯が痛いです。

は いた

哈.嘎.伊.它.伊.爹.酥.

腳踝扭傷了。

a.shi.ku.bi.o.hi.ne.ri.ma.shi.ta.

足首をひねりました。

あしくび

阿.西.枯.逼.歐.喝伊.內.里.媽.西.它.

好像骨折了。

ho.ne.ga.o.re.ta.yo.o.de.su.

骨が折れたようです。

ほね お

后.內.嘎.歐.累.它.悠.～.爹.酥.

請給我診斷書。

shi.n.da.n.sho.o.ka.i.te.ku.da.sa.i.

診断書を書いてください。

しんだんしょ か

西.恩.答.恩.休.歐.卡.伊.貼.枯.答.沙.伊.

把＋○○＋忘記放在＋○○。

○ **38**

ni.
○○＋に＋○○＋を忘れました。
尼.　　　　　　　　　　　o.wa.su.re.ma.shi.ta.
　　　　　　　　　　　　　　歐.哇.酥.累.媽.西.它.

電車／行李
de.n.sha./ ni.mo.tsu.
電車／荷物
爹.恩.蝦.／尼.某.豬.

房間／鑰匙
he.ya./ ka.gi.
部屋／鍵
黑.呀.／卡.哥伊.

計程車／電腦
ta.ku.shi.i./ pa.so.ko.n.
タクシー／パソコン
它.枯.西.～.／趴.搜.寇.恩.

公車／皮包
ba.su./ ba.ggu.
バス／バッグ
拔.酥.／拔.＾估.

飯店／名產
ho.te.ru./ mi.ya.ge.mo.no.
ホテル／みやげ物
后.貼.魯.／咪.呀.給.某.諾.

餐廳／錢包
re.su.to.ra.n./ sa.i.fu.
レストラン／財布
累.酥.偷.拉.恩.／沙.伊.夫.

保險箱／護照
ki.n.ko./ pa.su.po.o.to.
金庫／パスポート
克伊.恩.寇.／趴.酥.剖.～.偷.

我迷路了。

mi.chi.ni.ma.yo.i.ma.shi.ta.

<ruby>道<rt>みち</rt></ruby>に<ruby>迷<rt>まよ</rt></ruby>いました。

咪.七.尼.媽.悠.伊.媽.西.它.

手提包不見了。

ka.ba.n.o.na.ku.shi.ma.shi.ta.

かばんをなくしました。

卡.拔.恩.歐.那.枯.西.媽.西.它.

錢包被扒走了。

sa.i.fu.o.su.ra.re.ma.shi.ta.

<ruby>財布<rt>さい ふ</rt></ruby>をすられました。

沙.伊.夫.歐.酥.拉.累.媽.西.它.

錢包掉了。

sa.i.fu.o.o.to.shi.ma.shi.ta.

<ruby>財布<rt>さい ふ</rt></ruby>をおとしました。

沙.伊.夫.歐.歐.偷.西.媽.西.它.

護照遺失不見了。

pa.su.po.o.to.o.na.ku.shi.te.shi.ma.i.ma.shi.ta.

パスポートをなくしてしまいました。

趴.酥.剖.～.偷.歐.那.枯.西.貼.西.媽.伊.媽.西.它.

有會説中文的人嗎？

chu.u.go.ku.go.no.de.ki.ru.hi.to.wa.i.ma.su.ka.

中国語のできる人はいますか。

七烏.～.勾.枯.勾.諾.爹.克伊.魯.喝伊.偷.哇.伊.嫣.酥.卡.

説中文可以嗎？

chu.u.go.ku.go.de.i.i.de.su.ka.

中国語でいいですか。

七烏.～.勾.枯.勾.爹.伊.～.爹.酥.卡.

裡面有護照跟機票。

pa.su.po.o.to.to.ko.o.ku.u.ke.n.ga.ha.i.tte.i.ma.su.

パスポートと航空券が入っています。

趴.酥.剖.～.偷.偷.寇.～.枯.～.克耶.恩.嘎.哈.伊.ˆ貼.伊.嫣.酥.

請告訴我姓名跟住址。

na.ma.e.to.ju.u.sho.o.o.shi.e.te.ku.da.sa.i.

名前と住所を教えてください。

那.嫣.耶.偷.啾.～.休.～.歐.西.耶.貼.枯.答.沙.伊.

幫我叫警察。

ke.e.sa.tsu.o.yo.n.de.ku.da.sa.i.

警察を呼んでください。

克耶.～.沙.豬.歐.悠.恩.爹.枯.答.沙.伊.

十 遇到緊急狀況怎麼辦？

245

警察局在哪裡？

ke.e.sa.tsu.sho.wa.do.ko.de.su.ka.

<ruby>警察署<rt>けいさつしょ</rt></ruby>はどこですか。

克耶.～.沙.豬.休.哇.都.寇.爹.酥.卡.

請幫我辦信用卡掛失停用。

ka.a.do.o.mu.ko.o.ni.shi.te.ku.da.sa.i.

カードを<ruby>無効<rt>むこう</rt></ruby>にしてください。

卡.～.都.～.母.寇.～.尼.西.貼.枯.答.沙.伊.

我找不到我的行李。

wa.ta.shi.no.ni.mo.tsu.ga.mi.tsu.ka.ri.ma.se.n.

<ruby>私<rt>わたし</rt></ruby>の<ruby>荷物<rt>にもつ</rt></ruby>が<ruby>見<rt>み</rt></ruby>つかりません。

哇.它.西.諾.尼.某.豬.嘎.咪.豬.卡.里.媽.誰.恩.

---

5 站住！小偷！

請（幫我）＋○○。　　　　○**38**

ku.da.sa.i.

○○＋ください。

枯.答.沙.伊.

246

叫醫生

i.sha.o.yo.n.de.

医者を呼んで

伊.蝦.歐.悠.恩.爹.

叫計程車

ta.ku.shi.i.o.yo.n.de.

タクシーを呼んで

它.枯.西.～.歐.悠.恩.爹.

帶我到醫務室

i.mu.shi.tsu.e.tsu.re.te.i.tte.

医務室へ連れて行って

伊.母.西.豬.耶.豬.累.貼.伊.＾貼.

幫我換房間

he.ya.o.ka.e.te.

部屋を変えて

黑.呀.歐.卡.耶.貼.

• 例句 •

站住！小偷！

ma.te.do.ro.bo.o.

待て！泥棒！

媽.貼.都.摟.剝.～.

有扒手！

su.ri.da.

スリだ！

酥.里.答.

色狼！

chi.ka.n.

痴漢！

七.卡.恩.

救命啊！

ta.su.ke.te.

<ruby>助<rt>たす</rt></ruby>けて！

它.酥.<u>克耶</u>.貼.

抓住他！

da.re.ka.tsu.ka.ma.e.te.

<ruby>誰<rt>だれ</rt></ruby>か<ruby>捕<rt>つか</rt></ruby>まえて！

答.累.卡.豬.卡.媽.耶.貼.

請住手！

ya.me.te.ku.da.sa.i.

やめてください！

呀.妹.貼.枯.答.沙.伊.

放手！

ha.na.shi.te.

<ruby>放<rt>はな</rt></ruby>して！

哈.那.西.貼.

我叫警察喔！

ke.e.sa.tsu.o.yo.bi.ma.su.yo.

<ruby>警察<rt>けいさつ</rt></ruby>をよびますよ。

<u>克耶</u>.～.沙.豬.歐.悠.逼.媽.酥.悠.

幫我叫救護車。

kyu.u.kyu.u.sha.o.yo.n.de.ku.da.sa.i.

救急車を呼んでください。

卡烏.～.卡烏.～.蝦.歐.悠.恩.爹.枯.答.沙.伊.

幫我叫醫生。

i.sha.o.yo.n.de.ku.da.sa.i.

医者を呼んでください。

伊.蝦.歐.悠.恩.爹.枯.答.沙.伊.

請帶我到醫院。

byo.o.i.n.e.tsu.re.te.i.tte.ku.da.sa.i.

病院へ連れて行ってください。

比悠.～.伊.恩.耶.豬.累.貼.伊.ˆ貼.枯.答.沙.伊.

失火啦！

ka.ji.da.

火事だ！

卡.基.答.

有地震！

ji.shi.n.da.

地震だ！

基.西.恩.答.

【日語很溜 11】
2014 年 8 月 初版

發行人………林德勝

著者…………上原小百合 著

出版發行……山田社文化事業有限公司

　　　　　　106台北市大安區安和路一段112巷17號7樓

　　　　　　Tel：02-2755-7622

　　　　　　Fax：02-2700-1887

郵政劃撥……19867160 號　　大原文化事業有限公司

網路購書……日語英語學習網 http://www.daybooks.com.tw

經銷商………聯合發行股份有限公司

　　　　　　新北市新店區寶橋路235巷6弄6號2樓

　　　　　　Tel：02-2917-8022

　　　　　　Fax：02-2915-6275

印刷…………上鎰數位科技印刷有限公司

法律顧問……林長振法律事務所　　林長振律師

一書＋MP3…新臺幣299元

ISBN…………978-986-246-400-7

STS

山田社